LOST IN AUSTRALIEN

EIN WORK + TRAVEL ROMAN

HENRIETT

LOST IN

AUSTRALIEN

EIN WORK + TRAVEL ROMAN

HENRIETTE WICH

CARLSEN

Außerdem vom Henriette Wich im Carlsen Verlag lieferbar:

Carlsen Clips: Immer on
Carlsen Clips: Aufs Ganze gehen
Die drei !!!: Gefahr im Reitstall; Skandal im Café Lomo!; Achtung Spionage; Skaterfieber; Im Bann des Tarots; Kuss-Alarm!
Tristan Treuherz: Ein Ritter, ein Schatz und ein Abenteuer mit Isolde

MIX
Papier aus verantwortungsvollen Quellen
FSC® C083411
www.fsc.org

Originalausgabe
Veröffentlicht im Carlsen Verlag
Februar 2020

Umschlagabbildungen: shutterstock.com / © skyhawk / © crazystocker / © Vlad Teodor / © paulmichaelNZ / © THPStock
Umschlaggestaltung: formlabor
Corporate Design Taschenbuch: bell étage
Lektorat: Katja Maatsch
Layout und Herstellung: Karen Kollmetz
Satz: Dörlemann Satz, Lemförde
ISBN: 978-3-551-31781-0

The art of losing isn't hard to master;
So many things seem filled with the intent
to be lost that their loss is no disaster.

[...]

– Even losing you (the joking voice, a gesture
I love) I shan't have lied. It's evident
the art of losing's not too hard to master
though it may look like (Write it!) like disaster.

Elizabeth Bishop, One Art
The Complete Poems 1927–1979

SEHNSUCHT

Ich war schon wieder am Flughafen. Das dritte Mal in einer Woche. Langsam wurde es teuer, weil mein Jahresticket nur den Münchener Innenraum abdeckte und ich jedes Mal für vier extra Stationen draufzahlen musste. Der Flughafen war der einzige Ort in diesem verrückt heißen Sommer in dieser verrückt heißen Stadt, den ich halbwegs ertragen konnte. Ja, auch wegen der Klimaanlagen überall, aber das war sozusagen nur ein netter Nebeneffekt. In Wirklichkeit war ich süchtig nach den großen Anzeigetafeln und Lautsprecherdurchsagen. *Passenger Marie Schneider please come immediately to gate number 19. – Bitte lassen Sie Ihr Gepäck nicht unbeaufsichtigt. – Die Maschine nach Amsterdam steht nun zum Abflug bereit.*

Ungeduldig wartete ich auf die Heimkehrer in der Ankunftshalle. Ob sie nun aus Mallorca, Helsinki oder Kenia kamen, immer wenn sie ihre Koffer durch die automatischen Glastüren rollten, strahlten sie wie frisch Verliebte. Rein statistisch konnte es natürlich nicht sein, dass sich so viele Menschen im Urlaub gleichzeitig verknallten. Oder doch? Klar, sie hatten sich in das Land verliebt, in dem sie gerade gewesen waren. In den Geruch der Pinien und Pina Coladas, in die Mitternachtssonne oder die Meerkatze, mit der sie auf einer Safari zusammen gefrühstückt hatten. Okay, vielleicht hatte zufällig neben der Meerkatze auch noch ein Mann gesessen. Mit dem konnte man ausprobieren, ob es beim Küssen kulturelle Unterschiede gab oder nicht.

Eine Welle lief über die Anzeigetafel, die Maschine aus Dubai rückte an die oberste Stelle. *Ankunftszeit 15:12, gelandet.* Mein Gehirn machte einen Zeitsprung. Sechs Stunden zuvor, Zwischenstopp Dubai, draußen Wüste und in der Transithalle jede Menge Urlauber aus Sydney, Adelaide und Melbourne.

Australien!

Die meisten Leute in diesem Flieger waren gerade dort gewesen und hatten sich meinen großen Traum erfüllt. Einfach so, ohne mich vorher zu fragen. Ich weiß nicht wieso, aber seit ich denken kann, will ich nach Australien. Als ich klein war, hatte ich ein Kinderbuch. Darin ging es um einen Jungen, der in der nächsten Woche zum Zahnarzt sollte und ganz laut sagte: »Nächste Woche kann ich nicht, nächste Woche bin ich in Australien!« Der Satz hat mir sofort eingeleuchtet, auch ohne Zahnarzt.

Einmal ans andere Ende der Welt fliegen. Den fünften Kontinent sehen. Die endlosen Strände und die Korallen am Great Barrier Reef. Auf den Wellen reiten und danach zu den Koalas, die tiefenentspannt in ihren Eukalyptusbäumen abhingen. In Australien war alles größer, weiter und aufregender als in Europa. Immer wenn ich mir vorstellte, selbst dort zu sein, wurde mir schwindelig. War das Land vielleicht doch eine Nummer zu groß für mich? Natürlich nicht! Oder sollte ich dem Klima zuliebe auf den Langstreckenflug verzichten? Aber ich wollte ja keine Abifahrt machen, sondern mindestens ein Jahr in Down Under sein.

Wieder kam Bewegung in die Anzeigetafel, und gleichzeitig vibrierte es in meiner Tasche. Ich las oben *Gepäck* und unten auf meinem Handy Badesee?

Ohne die Anzeigetafel aus den Augen zu lassen, tippte ich:

Bin in einer Dreiviertelstunde da.

Super!,

schrieb Sofie zurück.

Wenn ich nicht zu spät kommen wollte, musste ich sofort los, doch dann verpasste ich das Beste. Sofie war in den letzten zwölf Jahren x-mal zu spät gekommen. Da konnte sie ruhig auch mal auf mich warten.

Die Glastüren gingen auf, und die ersten Urlauber kamen heraus. Eine Familie mit einem Kofferberg auf dem Gepäckwagen und zwei kleinen Kindern. Der Junge hatte einen Plüsch-Koala unter den Arm geklemmt. Hinter ihnen ein Pärchen mit Down-Under-T-Shirts. Dann zwei braun gebrannte junge Männer mit Strohhüten und ausgebeulten Rucksäcken. Waren bestimmt auf einer australischen Farm gewesen, Bananen pflücken oder so. Hinter den Männern eine Frau Anfang zwanzig. Kam sie etwa gerade von ihrem Work-&-Travel-Jahr zurück? Wie cool sie aussah, viel cooler als ich!

So konnte es nicht weitergehen. Ich hatte mein Abi in der Tasche und den definitiv letzten Familienurlaub mit meinen Eltern gerade so ohne Nervenzusammenbruch überstanden. Was im Übrigen nur daran lag, dass ich an der Ostsee einen Surfkurs gemacht und entdeckt hatte, wie schön es ist, auf den Wellen zu reiten. Jedenfalls war ich jetzt frei und nächstes Jahr würde es in Deutschland auch noch Studienplätze geben. Also worauf wartete ich? Warum verschob ich meinen Traum immer wieder auf morgen? Weil ich mich alleine nicht traute? Oder weil ich Angst hatte, dass es in Australien doch nicht so toll sein würde, wie ich es mir vorstellte?

Immer mehr Menschen strömten in die Ankunftshalle. Es wurde laut, und überall gab's großes Hallo. Um mich herum fielen sich Menschen um den Hals, die sich lange nicht gesehen hatten. Sie lachten, redeten gleichzeitig drauflos, küssten sich.

Ich machte die Augen zu und spürte Meersalz auf der Zunge, Sonne auf der Haut und Sand zwischen meinen Zehen. Ewig hätte ich so dastehen und mir einbilden können, dass ich gerade mit einer Ladung Mangos frisch aus Australien eingeflogen war. Es fühlte sich so echt an. Übrigens schien keiner zu merken, dass ich nicht dazugehörte, weder die Urlauber noch die Freunde und Familien, die zum Flughafen gekommen waren. Alle waren viel zu aufgedreht, um mich überhaupt wahrzunehmen.

Jetzt setzte sich die Menge in Bewegung. Ein Teil der Urlauber verschwand über die Rollbänder in Richtung S-Bahn. Der andere Teil lief zum Parkhaus und zum Ausgang, wo die Taxis warteten. Der Vater der Backpacker-Frau griff nach dem Koffer seiner Tochter. Sie hakte sich bei ihm unter. So schnell konnte ich gar nicht schauen, wie sich die Ankunftshalle leerte.

Und was war mit mir? Seit 19 Jahren hing ich hier in München fest, statt endlich auf dem Weg nach Australien zu sein. Ans Meer. Aufs Surfbrett. Im Neoprenanzug.

Sofie, Badesee!

Ich nahm die Überholspur auf dem Rollband, hetzte zur S-Bahn und schwitzte die nächsten drei Stationen vor mich hin. Im Grunde war der heiße Sommer hier gar nicht so schlecht. An der australischen Ostküste gab es 340 bis 360 Tage Sonnenschein pro Jahr. So was nennt man die perfekte Vorbereitung.

Plötzlich konnte ich es kaum erwarten, Sofie zu sehen. Gestern hatte sie noch mal mit ihren Eltern geredet, zum ungefähr hundertsten Mal. Die waren gegen das Work-&-Travel-Jahr. Sofies Eltern gehörten zu der Sorte von Leuten, die immer mit dem Schlimmsten rechneten. Dass zwei junge deutsche Frauen im Ausland bloß einen Schritt auf die Straße vor ihrem Hostel machen mussten – und schon wurden sie überfallen und ausgeraubt. Oder sie gerieten in einen Drogenring. Oder es passierten noch schrecklichere Dinge, die Sofies Eltern lieber nicht aussprechen wollten.

Also war eigentlich Sofie schuld daran, dass ich nicht längst in Sydney Papageien fotografierte oder mich am Bondi Beach rekelte. Und Leon, der sich im Januar von mir getrennt hatte, gerade rechtzeitig bevor das Australien-Thema akut wurde. Und die vier anderen Freundinnen, die ich neben Sofie gefragt hatte, ob sie mit nach Australien kommen wollten. Wollten sie nicht oder konnten sie nicht, was im Grunde keine Rolle spielte.

Auf dem letzten Platz meiner Liste mit Australien-Verhinderern stand ich selbst. Natürlich hätte ich das Ganze auch alleine durchziehen können, wie die Backpacker-Frau vom Flughafen. Meine Eltern waren in der Hinsicht ziemlich entspannt. Doch leider war ich nicht der Typ, der pfeifend seinen Rucksack packte, den Eltern ein lässiges »Tschüss!« zurief und mit 50 Euro in der Tasche ganz cool alleine auf Weltreise ging. Ja, ich hatte Schiss davor. Das schöne bequeme Leben daheim aufgeben und mich ein Jahr lang alleine durchschlagen. Mich um alles selber kümmern: Wäsche, Essen, einen Job, um mir die Reise zu finanzieren, den ganzen Kram. Fremde Leute anquatschen, Charme versprühen, das konnte ich noch nie gut. Und ob mich die Australier mit meinem durchschnittlichen Schul-Englisch verstehen würden, war auch die große Preisfrage. Total blöd, wenn man sich gleichzeitig vor Sehnsucht nach Australien verzehrte, aber ich konnte es nun mal nicht ändern.

Die S-Bahn hielt an meiner Station. Ich stieg aus, rannte nach Hause und warf meine Badesachen in die Tasche. Dann schwang ich mich aufs Fahrrad und trat in die Pedale.

»Da bist du ja endlich, Alina!« Sofie stöhnte. »Es ist so voll heute, da kriegen wir nie mehr einen Platz.«

»Hab dich auch lieb«, sagte ich und ging zur Umkleide.

Fünf Minuten später hatten wir einen super Platz unter einer schattigen Kastanie gefunden. Wir liefen zum See, bewusst langsamer als die vielen Kinder, und das Kreischen ließen wir auch weg, obwohl ich es gerne getan hätte. Stattdessen tauchte ich unter, machte ein paar kräftige Schwimmzüge und legte mich danach auf den Rücken.

»Jetzt erzähl schon!«, fragte ich ungeduldig. »Wie war's gestern? Was haben deine Eltern gesagt?«

Sofie stellte sich ins hüfthohe Wasser und blinzelte, dabei blendete die Sonne gar nicht. »Also ... äh ... be ... begeistert sind sie immer noch nicht. Aber wenn ich es wirklich will, stehen sie mir nicht im Weg, haben sie gemeint. Unter einer Bedingung: Nur mit Agentur. Es gibt da so Starter-Pakete, die ... die ...«

Sofie schien heute Wortfindungsprobleme zu haben. »Die helfen einem in den ersten Wochen, schon klar«, sagte ich. »Mensch, endlich haben deine Eltern begriffen, was gut für dich ist. Australien, wir kommen!«, rief ich so laut, dass ein kleiner Junge neben uns beinahe von seinem aufblasbaren Flamingo gekippt wäre.

Sofie blinzelte wieder. Und machte keinerlei Anstalten, zu mir rüberzuschwimmen. Dann musste ich eben. Mit zwei Kraulzügen war ich bei ihr. Wenn das hier ein Film gewesen wäre, hätte an dieser Stelle im Drehbuch gestanden: *Sofie lacht und fällt ihrer Freundin um den Hals.*

Doch Sofie machte einen komisch verkniffenen Mund. Endlich bekam sie ihre Lippen wieder auseinander. »Ich fliege nicht mit.«

»Was??«

»Ich fliege nicht mit«, wiederholte Sofie und sah knapp an mir vorbei zur Schwimmplattform.

»Deine Eltern erlauben es und du willst trotzdem nicht nach Australien? Warum??«

»Weil, weil …« Sofie suchte schon wieder nach Worten, während der kleine Junge jetzt tatsächlich vom Flamingo rutschte.

»Hilfe!«, brüllte er. »Mama!«

Sofie und ich zogen ihn gemeinsam aus dem Wasser und setzten ihn wieder auf sein rosa Schwimmtier. Die Mutter kam erschrocken an und bedankte sich bei uns.

Als die beiden weggepaddelt waren, sagte Sofie: »Ich hab es mir noch mal überlegt. Australien läuft mir nicht weg. Ich will doch lieber im Herbst anfangen zu studieren.»

Sie hörte sich an wie ihre Eltern. Studieren, auf Nummer sicher gehen. Und bloß nicht zu viel Spaß im Leben haben.

»Und was ist mit unserem Traum?«, fragte ich.

Sofie wurde rot. »Tut mir leid. Ich könnte es mir total gut vorstellen, mit dir um die Welt zu reisen. Ehrlich!«

Ich glaubte ihr. Das machte es nur noch schlimmer. »Und warum tust du es dann nicht?«

Sofie schwieg. Das war schon immer ihre Taktik gewesen, wenn sie nicht weiterwusste. Sie dachte wohl, dass sich die Probleme dadurch von selbst auflösten.

»Alles klar«, sagte ich. Und dann musste ich dringend aus dem Wasser.

»Warte doch mal!«, rief Sofie mir nach.

Ganz sicher nicht. Ich rannte zur Kastanie, zog mir das Kleid über den nassen Bikini und radelte so schnell nach Hause, dass der Fahrtwind mich trotz Hitze kühlte.

Daheim warf ich mich aufs Bett und starrte auf den Uluru. Ayers Rock hatten sie ihn in der britischen Kolonialzeit genannt und als Kind hatte ich mich gewundert, warum der Berg gar nicht wie ein Rock aussah. Das Poster hing jetzt schon so lange an der Wand in meinem Zimmer, dass es an den Rändern Risse bekommen hatte.

Ich kannte Sofie in- und auswendig und irgendwie hatte ich geahnt, dass so was passieren würde. Hatte die ganze Zeit gewusst, dass Australien nicht unser, sondern nur mein Traum war. Sofie hatte sich wahrscheinlich bloß nicht getraut zugegeben, dass ihr die Reise gar nicht so wichtig war, weil sie mich nicht enttäuschen wollte. Trotzdem. Sie hätte es mir echt früher sagen können!

Ich drehte mich von der Wand weg, damit ich den Uluru nicht mehr sehen musste. Vielleicht war Sofie doch nicht meine beste Freundin? Klar hatte ich sie immer so genannt und auf gewisse Weise stimmte es ja auch. Wir kannten uns seit der Grundschule und hatten uns sofort gemocht. Wir hatten uns Freundschafts-Armbänder gekauft, die uns für immer miteinander verbinden sollten. Daran hatten wir ganz fest geglaubt. Aber nur weil man an etwas glaubt, muss es noch lange nicht wahr sein.

Wenn ich ehrlich war, hatte ich eigentlich noch nie eine beste Freundin gehabt. Eine Seelenverwandte, der ich nichts erklären und die ich zu nichts überreden musste. Ein Mensch, der mich auch ohne Worte verstand und genau zum richtigen Zeitpunkt in meinem Leben auftauchte. Aber wahrscheinlich gab es so was gar nicht.

Unten in der Küche schaltete meine Mutter das Radio an. 99 Luftballons stiegen an meine Zimmerdecke. Als Nena den Song zum ersten Mal sang, waren meine Eltern 13 Jahre alt, es gab noch die Hitparade und die Mauer in Berlin. Vermutlich sind meine Eltern deswegen nie über Europa rausgekommen, weil ihnen das schon wie die große weite Welt erschien. Das Absurde daran: Ihnen hat nie was gefehlt.

Ich fror. Der nasse Bikini klebte auf meiner Haut und hatte dunkle Abdrücke auf meinem Bett hinterlassen. Schnell zog ich mich um und warf die nassen Sachen auf den Boden.

Was sollte ich jetzt tun? Aufgeben? Auch im Herbst mit dem Studium anfangen? Ich wusste noch nicht mal, was genau. Lehramt vielleicht, aber keine Ahnung, welche Fächer. Deutsch und Sport? Englisch lieber nicht. Da war ich nicht gut genug. Ich setzte mich an den Schreibtisch und fuhr den Laptop hoch. Ein paar Uni-Seiten auf und gleich wieder zu. Nein, danke.

Planlos klackerte ich auf der Tastatur herum. Dabei sah ich mich in meinem Zimmer um. In der Ecke links neben dem Fenster lehnte mein Surfbrett. Es wartete geduldig, bis ich wieder zur Vernunft kam und es mit nach Australien nahm.

Auf einmal hatte ich doch einen Plan: Ich klickte mich in die neuesten Australien-Blogs. Den von Sarah kannte ich noch nicht. Sie war gerade erst mit einer Freundin in Melbourne angekommen und erzählte davon, wie sie zu Hause alles vorbereitet hatte. Wo sie recherchiert und welche Checklisten sie sich gemacht hatte. Und dass sie eine Anzeige aufgegeben hatte, um jemanden zu finden, der mitreist.

Daran hatte ich überhaupt noch nicht gedacht! Schnell suchte ich mir ein Reiseportal. Dann tippte ich drauflos und zehn Minuten später stand mein Text.

Australien – Sydney – Ostküste / Alina (19)

Stichwort: Work & Travel ab Oktober

Hey Leute!

Ich möchte gerne im Oktober nach Australien für ein Work-&-Travel-Jahr und von Sydney aus die Ostküste bereisen. Wer kommt mit? Zu zweit macht Work & Travel bestimmt noch mehr Spaß. Und wir könnten die Reise zusammen planen. Vielleicht wohnst du ja sogar in der Nähe? Ich freue mich auf Antworten!

Viele Grüße, Alina

Rasch machte ich noch ein Selfie von mir mit dem Surfbrett und lud es auf dem Portal hoch. Mein Herz schlug schneller, als ich auf Senden klickte.

Sofort klappte ich den Laptop wieder zu, aus reinem Selbstschutz. Früher, wenn ich irgendwas gepostet hatte, dachte ich oft, dass die ganze Welt nur darauf gewartet hatte. Dass alle mich sofort mit Kommentaren, Likes und Herzchen überschütten würden. Diese Phase hatte ich zum Glück hinter mir.

Also versuchte ich, mich irgendwie abzulenken. Handy war keine gute Idee. Sofie hatte mir kurz hintereinander drei Nachrichten hinterlassen.

Tut mir echt leid.

Ich weiß, du bist sauer auf mich. Ich hätte dir schon viel früher sagen sollen, dass mir Australien eine Nummer zu groß ist.

Ruf mich an, Alina. Lass uns telefonieren!

Ich hatte keine Lust zu reden, jedenfalls nicht heute.

Melde mich morgen, schrieb ich zurück.

Es war ein bittersüßes Gefühl, Sofie warten zu lassen. Und ich hatte nicht mal ein schlechtes Gewissen dabei. Jetzt hatte sie es sogar selbst zugegeben, dass sie mir etwas vorgespielt hatte. Sofie hatte nie auch nur im Traum daran gedacht, für ein Jahr nach Australien zu gehen!

Ortswechsel. Ich musste raus aus meinem Zimmer.

Meine Mutter freute sich, als ich in der Küche auftauchte. Freiwillig fing ich an, die Spülmaschine auszuräumen.

»Alles in Ordnung bei dir?«, fragte meine Mutter besorgt.

»Ja, klar«, sagte ich, während ich die letzten Teller in den Schrank stellte. Danach ging ich raus in den Garten und futterte Himbeeren von den Sträuchern. Eine mickrige halbe Stunde konnte ich auf diese Weise rausschinden. Dann ließ sich meine Neugier nicht mehr länger zügeln.

Zurück beim Reiseportal leuchteten mir drei Antworten entgegen. Aufgeregt überflog ich sie. Ein Daniel schrieb mir, ob ich nicht vielleicht nach Neuseeland reisen würde. Er hätte da schon eine super Reiseroute ausgearbeitet. Ob ich mir die mal ansehen wolle?

Wollte ich nicht.

Eine Katharina liebte die australische Ostküste, hatte aber erst nächstes Jahr im Februar Zeit. Und sie wohnte in Hamburg.

Suboptimal.

Die letzte Antwort überflog ich nur und spürte sofort ein Kribbeln im Bauch. Beim zweiten Lesen schnappte ich nach Luft.

Hallo Alina,

sag mal, kannst du meine Gedanken lesen? Du willst nach Australien? Ich auch! An die Ostküste? Ich auch! Im Oktober? Ich auch! Und jetzt rate mal, wo ich wohne? Fast bei dir um die Ecke. Wir müssen uns unbedingt treffen. Morgen um drei im Café *Jasmin*?

Ganz liebe Grüße,

Sunny

WENN TRÄUME WAHR WERDEN

Ich war viel zu früh dran und so aufgeregt wie beim ersten Treffen nach dem Online-Dating. Ich mochte das Café, das Sunny ausgesucht hatte. Im *Jasmin* war alles retro, von den wackeligen Bistrotischen bis zu den blauen Plüschsesseln, in denen man so herrlich tief versank. Man konnte hier stundenlang vor einem Cappuccino sitzen und die Bedienung nervte nicht, ob man noch was trinken wollte.

Ich hatte einen Tisch am Fenster für uns gesichert. Als die Bedienung kam, bestellte ich eine Apfelschorle. Während ich daran nippte, fiel mir ein, dass Sunny mir gar kein Foto von sich geschickt und ich vergessen hatte, sie danach zu fragen. Ein Fehler. Wie sollte ich sie jetzt erkennen?

Zehn Minuten vor unserer verabredeten Zeit fing ich an, mir den Kopf zu verrenken. Jedes Mal, wenn jemand die Tür aufmachte, zuckte ich zusammen. Ein Pärchen. Eine Jungs-Clique. Eine Familie mit Kinderwagen. Je voller das Café wurde, je hektischer und lauter es zuging, umso nervöser wurde ich.

Wieder ging die Tür auf. Eine junge Frau blieb im Eingang stehen. Blond, kleiner als ich, Brille. Sie trug T-Shirt und Jeans, dazu ausgelatschte Sneakers, die früher mal weiß gewesen sein mussten.

Ruhig sah sie sich um. Ihr Blick wanderte in meine Richtung. Ein Lächeln flog über ihr Gesicht, aber vielleicht hatte es gar nicht mir gegolten. Langsam durchquerte sie den Raum. Sie war es, ich wusste es einfach.

Dann stand sie vor meinem Tisch. »Hier ist noch frei?«

Bevor ich nicken konnte, setzte sie sich, lehnte sich zurück und verschränkte die Arme hinter dem Kopf. Gleichzeitig holten wir tief Luft.

»Alina!«

»Sunny?!«

Sie platzte mit einem lauten Lachen heraus. »Eigentlich heiße ich Susanne, aber nenn mich bloß nicht so. Ich konnte den Namen noch nie leiden.« Sie machte eine kurze Pause. »Da sind wir also. Die zwei Australien-Verrückten!«

»Ja, genau.«

Sunny sah mich neugierig an. Sie hatte blaue Augen mit einem grünen Schimmer in der Mitte der Iris.

Ich wurde verlegen. »Wie toll, dass du gleich auf meine Anzeige geantwortet hast. Kanntest du das Reiseportal schon?«

»Cappuccino«, sagte Sunny. »Oder doch lieber Eiscafé? Ich kann mich nie entscheiden. Macht meinen Freund wahnsinnig. Was meinst du?«

Ich musste lachen. »Weiß nicht.«

Schließlich bestellte Sunny beides und dann fragte sie mich, warum ich unbedingt nach Australien wollte.

Ich versuchte es in Worte zu fassen, erzählte ihr alles von Anfang an und kam immer mehr ins Schwärmen.

Sunny saß ruhig da und unterbrach mich kein einziges Mal. Am Ende sagte sie leise: »Klingt toll. Ich kann dich so gut verstehen, Alina.«

Mir war warm geworden beim Erzählen. Ich löschte meinen

Durst und stellte das Glas schnell wieder ab. »Und wie war es bei dir?«, wollte ich wissen.

Sunny fing an zu reden. Über ihren Traum von Australien, den sie schon als kleines Kind gehabt hatte. Dass ihr Vater mal in Adelaide gearbeitet hatte, lange bevor er ihre Mutter kennengelernt hatte. Wie der Traum sie nicht losgelassen hatte all die Jahre. Und dass sie am liebsten jetzt gleich in den Flieger steigen würde. Sunny erzählte von den Stränden, den Regenwäldern, dem Outback, der Weite, dem großen Abenteuer und der Freiheit. Ihre Augen leuchteten vor Begeisterung. Dann sprach sie von den Tieren, die es nur in Down Under gab. »Koala, Känguru, Wombat, Taipan, Dornteufel, Kookaburra«, zählte sie in beeindruckender Geschwindigkeit auf.

»Kooka ... was?«, fragte ich nach.

Sunny grinste. »Ein Eisvogel. Heißt auch Jägerlieste, was dir bestimmt noch weniger sagt. Entschuldige, jetzt ist es mit mir durchgegangen. Ich bin das wandelnde Tierlexikon. Liegt wahrscheinlich daran, dass ich auf einem Bauernhof aufgewachsen bin. Mit Hühnern, Rindern und Pferden. Ich will Tierärztin werden.«

»Oh! Spannend«, sagte ich und hätte gerne noch mehr gehört.

Sunny zuckte mit den Schultern. »So spannend nun auch wieder nicht. Und ziemlich vorhersehbarer Plan bei meiner Kindheit, oder? Erst muss ich aber noch das Abi machen. Hatte bis jetzt keine Lust dazu.« Sie verdrehte die Augen. »Und was willst du werden?«

»Weiß ich noch nicht«, gab ich zu.

»Vielleicht findest du es ja in Australien heraus und ich bin die Erste, der du es erzählst.«

»Ja, wer weiß?«

Wir schwiegen kurz. Dann lächelte Sunny. »Ich glaube, es ist kein Zufall, dass wir uns getroffen haben. Und falls du jetzt denkst, ich bin esoterisch oder so, kannst du das gleich wieder vergessen.«

Ich mochte den leicht belustigten Unterton in ihrer Stimme. Und plötzlich dachte ich: War ich hier in einem Film oder passierte das alles gerade wirklich? Genauso hatte ich mir meine beste Freundin immer vorgestellt!

Schnell zog ich meinen Notizblock aus der Tasche. »Komm, lass uns planen, wo wir überall hinfahren. Also ich will auf jeden Fall zwei Wochen in Sydney verbringen und einen Surfkurs machen. An einem Strand, wo es richtig hohe Wellen gibt.«

Sunny pfiff bewundernd durch die Zähne. »Das traust du dich? Cool, und was noch?«

»Fraser Island, die größte Sandinsel der Welt. Und ich will in Brisbane in den Pubs die vielen Live-Bands hören. Ich liebe australische Indie-Musik.«

»Machen wir«, sagte Sunny.

Ich kritzelte drauflos und schrieb alles auf, jedes Ziel mit ein bis fünf Ausrufezeichen dahinter, je nachdem, wie dringend und wie schnell wir dorthin wollten.

Danach schlug Sunny noch ein paar Orte vor, die besonders schön sein sollten. Auch sie hatte schon jede Menge Australien-Blogs gelesen. Ich wurde immer aufgeregter. Fast alle diese Ziele standen auch auf meiner Wunschliste!

»Einen Abstecher ins Outback müssen wir natürlich auch machen«, fiel Sunny noch ein. »Wir beide fahren mit dem Auto ins rote Herz von Australien. Darauf freue ich mich jetzt schon.«

Ich schluckte. Seit einem Jahr hatte ich zwar den Führerschein, aber in einem fremden Land zu fahren, mit Linksverkehr und dann auch noch mitten durch die Wüste, da wurde mir jetzt schon ganz anders.

»Am besten kaufen wir uns ein Auto«, überlegte Sunny. »Das machen alle so in Australien. Ist viel billiger, als eins zu mieten. Bevor wir nach Deutschland zurückfliegen, verkaufen wir es einfach wieder.«

»Okay …«, sagte ich. »Und was ist, wenn wir es nicht wieder loswerden?«

»Das passiert schon nicht. Vertrau mir.« Sunny löffelte den letzten Schaum aus ihrer Cappuccinotasse. »Ich flirte so lange mit jedem möglichen Interessenten, bis er uns das Doppelte von dem zahlt, was wir ausgegeben haben.«

Bei Sunnys magischem Charme konnte das tatsächlich funktionieren. Ich entspannte mich wieder. Und dann erzählte ich etwas, das ich auf gar keinen Fall hatte preisgeben wollen. »Ich möchte einen Australien-Blog schreiben, einen richtig guten, und ins Netz stellen.«

Sunny sah mir in die Augen und schwieg.

Mist! Bestimmt fand sie die Idee genauso unrealistisch wie Sofie.

»Weißt du eigentlich, wie mutig du bist?«, fragte Sunny unvermittelt.

»Äh … Was?« Ich zupfte nervös an meinen Haaren herum.

Sunny nickte. »Du stellst dich auf ein Surfbrett und reitest die Wellen, als ob es das Einfachste von der Welt wäre. Schreiben kannst du auch. Ich bin schon sehr gespannt auf deinen Blog.« Sie beugte sich so nah zu mir vor, dass ich den Duft ihres Shampoos riechen konnte. Irgendwas mit Zitrone und Kräutern. »Du lebst deine Träume, Alina!«

So viele Komplimente auf einmal hatte ich noch nie bekommen. Dabei war Sunny doch tausendmal cooler und interessanter als ich.

Irgendetwas Seltsames passierte hier gerade. Obwohl ich felsenfest vom Gegenteil überzeugt war, sickerten Sunnys Komplimente unaufhaltsam in mich ein.

* * *

Sie standen mitten zwischen Koffern, Rucksäcken und all den Leuten beim Check-in und küssten sich. Die Körper so nah beieinander, als müssten sie Sunnys Bordkarte zwischen sich festklemmen, um sie nur ja nicht zu verlieren. Dabei hatten wir beide unsere Bordkarten auf dem Handy, also machte das wenig Sinn.

Ich spürte ein leises Ziehen in der Brust. Leon und ich hatten uns nie so geküsst, nicht mal in der ersten Woche von den insgesamt drei Monaten, die wir zusammen gewesen waren.

»Hast du auch alles dabei?«, hörte ich meine Mutter fragen. »Reisepass, Flugticket, Visum, Kreditkarte?«

»Und deinen internationalen Führerschein?«, fügte mein Vater hinzu.

»Jahaaa!« Meine Eltern nervten, aber wenigstens brachten sie mich dazu, Sunny und ihren Freund nicht pausenlos anzustarren.

Ansonsten gab es nicht mehr viel zu tun außer rumzustehen und zu warten, bis die Anzeigetafel unseren Flug weiter nach oben schaufelte. Die großen Rucksäcke hatten wir schon aufgegeben und am Check-in-Schalter zwei Sitzplätze nebeneinander reserviert. Schweren Herzens hatte ich mich entschlossen, mein geliebtes Surfbrett doch zu Hause zu lassen. Den Aufpreis fürs Extragepäck im Flieger wollte ich nicht zahlen und außerdem war so ein Board ziemlich unpraktisch, wenn man viel herumreisen wollte.

Sunny und ihr Freund lösten die Lippen voneinander. Moritz sah noch besser aus, als Sunny ihn mir beschrieben hatte. Sehr groß. Der sportliche Typ und er wäre sogar nach Australien mitgekommen, wenn er nicht ein Medizin-Stipendium in Regensburg bekommen hätte.

Sein Pech und mein Glück. Er musste im nebeligen Regensburg bleiben, während ich dem grauen deutschen Winter den Rücken kehrte und mit seiner Freundin in die Sonne flog. Tja, manchmal war das Leben echt ungerecht.

»Ich wünsch dir eine ganz tolle Zeit«, sagte mein Vater.

»Und wenn irgendwas ist, kannst du uns immer anrufen.« Meine Mutter lächelte.

Dann breitete mein Vater die Arme wie ein Zelt um mich aus. Plötzlich kamen mir die Tränen. In unserer Familie redeten wir viel, aber uns zu umarmen war nicht so das Ding meiner Eltern und meins auch nicht. Aber jetzt wurde ich doch schwach. Bald würde ich über 14000 Kilometer von zu Hause entfernt sein. So weit weg wie noch nie in meinem Leben. Wenn ich in Down Under krank wurde, konnte meine Mutter nicht mal eben vorbeikommen, um mir einen Tee zu kochen. Und abends zusammen auf dem Sofa abhängen und eine Serie anschauen ging auch nicht mehr.

Mein Vater und ich lösten die Umarmung. Nervös beugte ich mich über meinen kleinen Rucksack, den ich als Handgepäck dabeihatte. Pass, Ticket und so weiter, alles da. Und die Unterlagen der Agentur auch. Jetzt war ich doch froh, dass wir das große Starter-Paket gebucht hatten mit Flughafentransfer, Job-Kurs, Welcome-Barbecue und fünf Nächten im Hostel in Sydney. Sunny fand das zwar alles übertrieben und natürlich würden wir es auch ohne schaffen, aber ernsthaft gewehrt hatten wir uns gegen das großzügige Geschenk ihrer Eltern auch nicht.

Sunny und Moritz standen immer noch eng umschlungen da. Sunny hatte den Kopf auf Moritz' Schulter gelegt und lächelte mir zu, als ob wir ein unausgesprochenes Geheimnis teilten.

»Wo bleibt eigentlich Sofie?«, erkundigte sich meine Mutter. »In 45 Minuten geht euer Flug. Langsam solltet ihr durch die Sicherheitskontrolle, damit ihr rechtzeitig am Gate seid.«

Ich zuckte mit den Schultern. »Keine Ahnung. Ich hab ihr gesagt, dass sie das nicht machen muss, extra zum Flughafen kommen.«

Letzte Woche hatte ich eine Abschiedsparty für meine Freunde gegeben. Sunny war auch dabei gewesen. Sie und Sofie hatten sich nur kurz unterhalten, aber nicht viel miteinander anfangen können. Sofie hatte mir lauter praktische Sachen für die Reise geschenkt: Haar- und Duschseife, Zahnputztabletten und eine feste Handcreme in der Dose.

Eine Welle lief durch die Anzeigetafel. Ich war glücklich. Endlich war ich nicht mehr nur eine Zuschauerin am Rand. Endlich durfte ich selbst in ein Flugzeug steigen und in das Land meiner Träume reisen, gemeinsam mit meiner neuen Freundin! Ich konnte es immer noch nicht richtig glauben.

Da kam Sofie angerannt, abgehetzt, mit roten Flecken auf den Wangen. »Die S-Bahn ist mitten auf der Strecke stehen geblieben! Ich dachte schon, ich erwische dich nicht mehr.«

»Kein Stress, ich bin noch da«, beruhigte ich sie lachend.

Sofie drückte mir eine Papiertüte in die Hand. »Gebrannte Mandeln, für den Flug.«

»Danke!«

Auch deswegen mochte ich Sofie. Sie kannte mich und alle meine Lieblingssüßigkeiten. Längst war ich nicht mehr sauer auf sie. Wenn Sofie nicht gekniffen hätte, hätte ich Sunny nie kennengelernt und würde jetzt nicht auf der Passagierliste nach Sydney stehen.

Da legte Sunny mir den Arm um die Schulter. »Passenger Alina Helms please come immediately to gate number 21! Oder wollen Sie riskieren, dass Sunny Kramer ohne Sie abfliegt?«

»Auf gar keinen Fall!«, protestierte ich und fing einen Blick von Sofie auf. Eine Mischung aus Eifersucht und Erleichterung. Im nächsten Augenblick lächelte sie schon wieder.

Es war komisch, Sofie und Sunny nebeneinander zu sehen. Meine älteste und meine neue Freundin. Sofie hatte sich vor ewig langer Zeit ein Bild von mir gemacht. Bei Sunny konnte ich mich völlig neu erfinden.

»Also ich muss jetzt wirklich … Mach's gut, Sofie!«

»Du auch, Alina. Viel Spaß in Australien!«

Ich winkte, statt Sofie zu umarmen, und sagte Tschüss zu meinen Eltern. Dann riss ich mich los.

Ich hatte genug von guten Wünschen, Tipps und Ratschlägen. Genug vom Winken und von Abschieden. Ich wollte, dass mein Work-&-Travel-Jahr endlich anfing, und zwar jetzt!

Sunny gab Moritz einen Kuss auf die Nasenspitze. Dann war sie neben mir. Wir zückten unsere Handys und zeigten unsere Bordkarten vor. Wir durften die erste Sperre passieren und weiter zur Sicherheitskontrolle. Als ich meinen kleinen Rucksack, Handy und Geldbeutel in die Plastikbox legte, kam es mir vor, als würde ich mein bisheriges Leben in eine Schale werfen. Hinter dem Durchleuchtungsgerät tauchte mein neues Leben auf. Ein viel aufregenderes, spannenderes Leben, von dem ich selbst noch nichts ahnte.

DAS ABENTEUER BEGINNT

22:52 Uhr, draußen tintenschwarze Nacht und meine Ohren hatten sich bereits an das gleichmäßige Dröhnen des Flugmotors gewöhnt.

Sunny, die am Gang saß, reckte den Kopf nach vorne. »Gleich bekommen wir was zu essen. Endlich! Ich sterbe vor Hunger.«

»Hoffentlich nicht!«, sagte ich mit gespieltem Entsetzen. »Ich brauche dich noch in den nächsten 365 Tagen.«

Sunny grinste mich an. »Wirklich? Ich dachte, du willst die süßen Krokodile für dich alleine haben.«

»Nein, danke!«

Wir schwiegen kurz, dann sah mich Sunny schräg von der Seite an. »Jetzt wird es ernst. Hier holt uns keiner mehr raus. Bereust du's?«

Ich schüttelte so heftig den Kopf, dass mein Kissen dem Nachbarn am Fenster ins Gesicht rutschte. »Oh, sorry!«, entschuldigte ich mich.

»Kein Problem.« Lächelnd gab er mir das Kissen zurück und rückte sich die Kopfhörer zurecht. Auf seinem Bildschirm lief irgendein Action-Streifen. Häuserteile flogen lautlos durch die Luft, Rauchwolken stiegen auf.

Ich brauchte keine Action, obwohl es natürlich toll war, dass hier jeder einen eigenen Fernseher hatte auf dem Flug nach Dubai, dem ersten Teil unserer langen Reise. Mein Körper kribbelte auch so vor lauter Aufregung und gleichzeitig war ich innerlich ganz ruhig. Wie wenn jemand einen Schalter in mir umgelegt hätte, als sich beim Start mein Sicherheitsgurt mit einem leisen Klicken geschlossen hatte. Ich war genau am richtigen Ort und mit genau der richtigen Person neben mir.

»Chicken or beef?«, fragte die Stewardess Sunny.

Sie konnte sich nicht entscheiden. Ich merkte, dass die Stewardess nervös wurde, aber Sunny ließ sich Zeit – und wählte am Ende dasselbe wie ich.

Das Hühnchen schmeckte unglaublich gut. Ich öffnete die kleinen Schalen wie Geburtstagsgeschenke, die jemand extra für mich liebevoll eingepackt hatte.

Zum krönenden Abschluss des Menüs teilten wir uns die gebrannten Mandeln von Sofie. Sunny trank ihren O-Saft in einem Zug aus und drückte sofort auf den Knopf über ihrem Platz.

Die Stewardess erschien noch mal bei uns. Sunny bestellte einen zweiten O-Saft und ein extra Wasser. Und sie bekam, was sie wollte. Ich war beeindruckt.

Dann nahm man uns die Tabletts wieder ab. Die Rollwagen entfernten sich und das Licht wurde gedimmt. Die meisten Leute kuschelten sich in ihre warmen Decken und schalteten die Bildschirme aus.

Sunny schob ihr Nackenkissen hin und her und stöhnte. »Es ist so doof. Ich kann im Flieger nie schlafen!«

Drei Minuten später hörte ich ihre tiefen Atemzüge. Und plötzlich wurde mir bewusst, dass ich Sunny kaum kannte. Bei unseren vier Treffen vor der Reise hatten wir immer über Australien geredet. Was Sunny sonst so machte im Alltag, was sie mochte und gar nicht leiden konnte, welche Macken sie hatte, das alles würde ich erst

Down Under erfahren. Würden wir auf der Reise gut klarkommen oder uns irgendwann schrecklich auf die Nerven gehen?

Nervös spielte ich mit meinem Freundschaftsarmband und musste an Sofie denken, ihre vertraute Stimme, ihr Lachen.

Energisch schob ich meine Rückenlehne nach hinten und gab meinem Gehirn den Befehl, sich endlich zu entspannen. Es würde alles gut werden, ich wusste es. Außerdem stand es Schwarz auf Weiß in meinem Reiseführer: *No worries*, sagen die Australier!

Vier Stunden später, in denen ich kaum ein Auge zugemacht hatte, landeten wir in Dubai und erlebten einen wunderschönen Sonnenuntergang über der Wüste. Dabei war es nach unserer Zeit erst halb vier Uhr morgens! Der Flughafenbus lud uns nach einer langen, kurvenreichen Fahrt quer über die riesigen Rollfelder an einem anderen Terminal ab. Sunny stieg aus und lief einfach los.

»Weißt du denn, wo Gate 20 ist?«, rief ich ihr hinterher.

»Nö!«, antwortete sie und lief unbeirrt weiter.

Inzwischen hatte ich die Schilder zu den Anschlussflügen entdeckt und lotste Sunny in die entgegengesetzte Richtung. Wir passierten die Sicherheitskontrolle und kamen in den Transitbereich. Der war so riesig, dass wir erst mal mit offenen Mündern stehen blieben. Luxusschokolade, glitzernder Schmuck, teure Cafés und Nobelboutiquen. Alles viel zu teuer, doch den Duft von frisch gebackenen Croissants aus den Cafés fand ich ziemlich verführerisch.

Sunny steuerte auf eine Theke zu. »Ich weiß, es ist unvernünftig, aber ich lade uns jetzt auf ein Frühstück ein. Den Anfang einer großen Reise muss man feiern!«

Dagegen hatte ich absolut nichts einzuwenden. Gestärkt liefen wir danach zu unserem Gate.

Wir brauchten uns nicht zu beeilen. Der Flieger nach Sydney ging erst in vier Stunden. Sunny machte es sich in einem der Liegestühle bequem und hörte Musik, und ich begann meinen ersten Blog-Eintrag.

* * *

»Mein rechtes Bein ist eingeschlafen!«, stöhnte Sunny.

»Und ich kann nicht mehr sitzen«, ächzte ich.

Wir hatten jetzt insgesamt knapp 25 Stunden Reisezeit hinter uns. Nach dem Aufwachen vorhin war mein erster Gedanke gewesen: Ich will mich strecken. Und meine erste Erkenntnis: Keine Chance!

Aber auf einmal spürte ich keinen Schmerz mehr und die bleierne Müdigkeit war auch verflogen. Der Flieger setzte zum Landeanflug an und unter uns tauchten im hellen Morgenlicht die ersten Häuser von Sydney auf, verstreut auf malerische Buchten, umrahmt von tiefblauem Wasser. Der Pazifik! Daneben ein länglicher Ausläufer mit Hochhäusern und den weißen Segeln eines modernen Gebäudes.

»Die Oper!«, rief Sunny begeistert.

Wir strahlten uns an, erleichtert und glücklich. Es dauerte dann doch noch mit der Landung, aber schließlich rasten wir über das Rollfeld. Der Pilot bremste, das Flugzeug rollte aus und kam zum Stehen.

»Wir haben es geschafft, wir sind da!«, rief ich.

Sunny schnallte sich ab und umarmte mich. Ich spürte ihr Herz, das noch schneller pochte als mein eigenes. Und jetzt konnte ich es wirklich nicht mehr erwarten, endlich meinen Fuß auf australischen Boden zu setzen. Ungeduldig schoben wir uns mit den anderen Passagieren vor zum Ausgang und dann waren wir endlich auf der Passagierbrücke. Warme, feuchte Luft drang von außen herein und ein fremdartiger Pflanzengeruch stieg mir in die Nase. Ich zog sofort meine Jacke aus und flüsterte: »Urlaub!«

Sunny sah mich grinsend an. »Dasselbe habe ich auch gerade gedacht!«

Erst vor der Passkontrolle wurde mir klar, wie viele Menschen in unserem Flieger mitgeflogen waren. Eine Riesenschlange kringelte sich um die Absperrbänder, darunter etliche junge Leute, Backpacker wie Sunny und ich. Seufzend stellte ich mich auf eine weitere Geduldsprobe ein und nutzte die Gelegenheit, um meine Uhr zum zweiten Mal umzustellen, diesmal auf 06:30. Schon verrückt, dass wir 25 Stunden unterwegs gewesen und seit unserer Abreise gleichzeitig zwei Tage vergangen waren. Die Australier waren den Europäern zehn Stunden voraus!

Ich kramte Pass und Einreisekarte aus meiner Tasche. Mit gerunzelter Stirn warf ich noch mal einen Blick auf die Karte. »Was die alles wissen wollen! Schon klar, dass ich keine Waffen mitbringen soll, aber warum darf man keinen Honig einführen?«

Sunny klärte mich auf. »Die wollen dich nicht ärgern. Die Quarantäneregeln sollen die Pflanzen und Tiere in Australien schützen.«

»Okay, das leuchtet mir ein.«

Eine Stunde später hatten wir es dann wirklich geschafft. Bei der Passkontrolle hatte man uns als harmlose Backpacker einfach so durchgewinkt. Unsere Rucksäcke hatten die Reise auch gut überstanden und am Ausgang stand ein gelangweilter Typ mit Dreitagebart. Er hielt ein Schild in die Höhe, auf dem der Name unseres Hostels stand. Super, ab jetzt mussten wir uns um nichts mehr kümmern!

Ein Kleinbus wartete vor dem Eingang auf uns. Wir stiegen als Letzte ein und mussten eng zusammenrücken, damit insgesamt acht Backpacker Platz hatten.

»Hi!«, grüßte Sunny in die Runde. »Ich bin Sunny und das ist Alina. Wir sind aus München. Und wo kommt ihr her?«

»Aus Hamburg.«

»Berlin.«

»Erlangen.«

Die beiden Hamburgerinnen fand ich gleich sympathisch. Der Mann aus Berlin war zu verschlafen zum Reden. Und das Pärchen aus Erlangen hatte sich anscheinend gerade gestritten.

»Ich bin aus der französischen Schweiz«, erzählte Eugenie, die sich bisher nicht zu Wort gemeldet hatte. »Deutsch ich kann nicht so gut. Können wir Englisch sprechen?«

»Yes, sure«, sagte Sunny und fing sofort ein lebhaftes Gespräch mit der netten Schweizerin an.

Wie schaffte sie es bloß, so schnell auf Englisch umzuschalten? Ich hörte erst mal zu und sah aus dem Fenster. Der Bus fuhr durch ein Industriegebiet, an Einkaufszentren und Autohäusern vorbei, und arbeitete sich durch den immer dichter werdenden Verkehr ins Zentrum vor. Die Straßen wurden mehrspurig, die Häuser wuchsen in den Himmel. Bahngleise tauchten auf, mündeten in die Central Station und dann waren wir auch schon am Ziel. Der Busfahrer ließ uns vor einem riesigen Backsteingebäude aussteigen. Mein erstes Hostel! Und dann gleich so ein großes.

»Warte!«, rief Sunny, zückte ihr Handy und winkte mich vor den Eingang. Wir lachten in die Kamera. Unser erstes Selfie. Lauter Premieren heute.

»Hi guys!«, begrüßte uns eine junge Frau am Eingang. »I am Madeleine. Welcome in Australia! How are you? How was your flight? How do you feel?«

Sunny streckte drei Finger in die Höhe. »Good, good, good!«

Alle lachten und sofort war die Stimmung super. Bis wir erfuhren, dass wir erst mittags unsere Zimmer beziehen konnten und unsere Rucksäcke erst mal unterstellen mussten. Dabei hatte ich mich schon so darauf gefreut, mich auf einem Bett so richtig schön auszustrecken. In Deutschland war es jetzt neun Uhr abends und meine innere Uhr eigentlich auf Schlafen eingestellt – wenn ich dafür nicht viel zu aufgeregt gewesen wäre.

»Hinlegen ist sowieso keine gute Idee«, sagte Heike aus Hamburg.

Ihre Freundin Katja nickte. »Dann wird der Jetlag nur noch schlimmer.«

»Haha! Welcher Jetlag?« Lukas aus Berlin gähnte demonstrativ.

Madeleine führte uns durch die Eingangshalle zum Café des Hostels, einem hellen Raum mit hoher Decke. Für unsere Gruppe war extra ein Tisch reserviert. Es gab Kaffee, Tee und Muffins. Alle freuten sich und das Pärchen hatte sich anscheinend auch wieder versöhnt. Jedenfalls fütterten sie sich gegenseitig mit Muffinstückchen.

Madeleine verteilte australische Sim-Karten für unsere Handys und sofort breitete sich allgemeine Hektik aus. Ich wechselte die Sim-Karte und atmete erleichtert auf, als schließlich das vertraute WLAN-Zeichen erschien. Schnell schickte ich meinen Eltern und Sofie eine Nachricht, dass ich gut angekommen war. Die Antworten kamen schon nach ein paar Sekunden zurück. Alle waren froh, dass ich noch lebte und erreichbar war.

Sunny lächelte verträumt, als sie ihr Handy wieder weglegte. »Moritz vermisst mich schon«, flüsterte sie mir zu.

»Das will ich auch hoffen«, sagte ich.

Einerseits beneidete ich sie darum, dass sie einen Freund hatte, der sie liebte. Andererseits hatte es auch Vorteile, wenn man Single war wie ich. Ein ganzes Jahr voneinander getrennt zu sein stellte ich mir echt hart vor.

Madeleine verteilte inzwischen Infomappen und erklärte uns, was uns in den nächsten Tagen erwartete. Es gab ein paar nervige, aber notwendige Dinge zu erledigen: Wir mussten eine australische Steuernummer beantragen und ein Bankkonto eröffnen. Beides würden wir brauchen, wenn wir uns später für einen Job bewarben.

Wir würden auch noch einen extra Kurs bekommen mit jeder Menge Tipps und Adressen von Jobbörsen.

»No worries, mates«, beruhigte uns Madeleine. Sie versicherte uns, dass wir in unserer ersten Woche in Australien vor allem viel Spaß haben würden. Sydney, ihre Heimatstadt, sei die schönste Stadt überhaupt. Wir würden eine Stadtführung und eine Hafenrundfahrt mit dem Jetboot machen und einen Tag am Bondi Beach einlegen. Und natürlich war für heute Abend ein Barbie geplant. Da könnten wir dann auch andere Backpacker kennenlernen, die schon länger hier waren.

Barbie? Es dauerte ein paar Sekunden, bis ich begriff, dass unsere Workshop-Leiterin nicht die Puppe, sondern einen Grillabend meinte.

Madeleine redete sehr schnell und ihr Englisch klang ganz anders als das, was wir in der Schule gelernt hatten. Ich verstand nur deshalb alles, weil ich mir das Programm schon vorher durchgelesen hatte. Vor dem australischen Akzent hatten im Internet viele Blogger gewarnt. Das konnte ja heiter werden ...

Je länger Madeleine erzählte, umso mehr schwirrte mir der Kopf. Die Müdigkeit kam schlagartig zurück und mir war plötzlich alles zu viel.

Sunny dagegen wurde immer aufgekratzter. Sie stellte Madeleine Fragen, wo es die beste Eisdiele in Sydney gab und den schönsten Strand. Und wie man am besten zum Taronga Zoo käme.

Madeleine lachte. »Relax!« Wir sollten erst mal ankommen und uns an das Klima hier gewöhnen.

Hallo ihr Lieben,
jetzt bin ich schon vier Tage in Sydney. Ich dachte immer, ich lebe in einer Großstadt. Von wegen! Im Vergleich zu Sydney ist München ein Dorf. Bei der Stadtführung habe ich mir fast den Hals verrenkt, weil

es so viele Wolkenkratzer im Zentrum gibt. Es ist echt ein Wunder, dass ich dabei nicht gleich von einem Auto überfahren wurde. Zum Glück pfeifen die Fußgängerampeln hier ziemlich laut, damit auch blinde Menschen wissen, wann es Grün wird. John war ein total netter Stadtführer. Er studiert in Sydney Medizin und kennt sich super aus. Zuerst sind wir mit dem Zug nach Milsons Point gefahren und über die Harbour Bridge zurück ins Stadtviertel The Rocks gelaufen. Die Australier nennen die Brücke *Kleiderbügel* und sie sieht tatsächlich so aus. Von der Brücke aus hatten wir einen tollen Blick rüber zum Opernhaus. Das haben wir uns danach kurz aus der Nähe angeschaut und sind gleich weiter zum Botanischen Garten. Dort gibt es Palmen, Farne und exotische Blumen. Und über den Rasen lief einfach so ein weißer Kakadu. Meine Freundin hat es geschafft, uns beide auf ein Foto zu kriegen.
Mittags waren wir in einem der vielen Food Courts, die es in fast jedem Einkaufszentrum gibt. Da kann man sich an ganz unterschiedlichen Ständen Essen kaufen und in der Mitte treffen sich alle und setzen sich an die Tische. Das ist super, aber auch immer laut und sehr voll.
Am besten gefällt mir an Sydney, dass überall Wasser drum herum ist. Auf dem Jetboot waren die Hektik und der Lärm plötzlich ganz weit weg. Wir sind von einer Bucht zur nächsten geschippert, konnten vom Boot ins Wasser springen und danach an Deck chillen. Leider hab ich schon meinen ersten Sonnenbrand gekriegt, obwohl ich mich eingecremt hatte. Anscheinend nicht gründlich genug. Die australische Sonne ist wirklich stark. Das sagen alle und trotzdem glaubt man es erst, wenn man es selber erlebt. Ab jetzt setze ich immer extra noch einen Sonnenhut auf.
Am zweiten Tag sind wir auch mal zu zweit losgezogen. Meine Freundin war sich ganz sicher, wie es zum Zoo geht. Und plötzlich waren wir in Chinatown. Aber da hat es uns auch super gefallen.

Ab da hat sich meine Freundin dann doch lieber auf meinen guten Orientierungssinn verlassen.

Der Zoo liegt auf einem Hügel und man fährt mit einer kleinen Seilbahn hoch. Die Baumkängurus hat die tolle Aussicht gar nicht groß beeindruckt. Für die ist das ja auch nix Neues. Ich habe zum ersten Mal Koalas gesehen! Die meisten haben geschlafen, aber einer ist gerade aufgewacht und hat sich gestreckt und gegähnt.

Nach dem Zoo sind wir noch ein bisschen mit den Zügen rumgefahren, weil wir eine Karte für den gesamten Nahverkehr haben. Die U-Bahn hier hat zwei Stockwerke und man findet sich eigentlich überall gut zurecht – es sei denn, man muss umsteigen. Da kann man die verschiedenen Plattformen schon mal durcheinanderbringen.

Ich bin so froh, dass ich nicht alleine in Australien bin. Meine Freundin quatscht einfach die Leute an, wenn sie nicht weiterweiß. Ihr Englisch ist auch nicht perfekt, aber das macht ihr überhaupt nichts aus. Die Australier sind total nett und hilfsbereit. Wenn man in einen Laden geht, fragt der Verkäufer als Erstes: »Hi darling, how are you?« Am Anfang dachte ich, der will mit mir flirten, aber das ist die ganz normale Art hier, sich zu begrüßen. Gefällt mir richtig gut. Muss ich in Deutschland auch mal ausprobieren!

In unserem Hostel sind Engländer, Deutsche, Franzosen und Niederländer. Meistens reden wir also Englisch. Aber ehrlich gesagt, freue ich mich jedes Mal, wenn ich Deutsch sprechen kann. Dauernd Englisch ist echt anstrengend.

Bis bald, ihr Lieben! Jetzt fahren wir gleich los zum Bondi Beach.

»Kannst du mich mal kneifen?«, fragte Sunny. Sie lag neben mir am Strand und ließ goldgelben Sand durch ihre Finger rinnen. »Autsch! Doch nicht so stark!«, beschwerte sie sich.

»Ich dachte, du wolltest es so«, sagte ich ungerührt. Dann drehte ich mich vom Bauch auf den Rücken, schob meinen Sonnenhut ein Stück hoch und sah mich um.

Wie eine große Sichel lag der berühmte Bondi Beach vor mir. Es gab kaum ein freies Plätzchen, so dicht lagen hier die Strandtücher nebeneinander. Leute mit Surfbrettern liefen zwischen ihnen hindurch. Es roch nach Kokossonnencreme, hinter uns spielten ein paar Leute Beachvolleyball und vor uns rauschte die Brandung des Pazifiks. Die Wellen waren viel größer, als ich sie mir vorgestellt hatte. Selbst am Ufer liefen sie nicht einfach aus, sondern brachen sich in weißen, mannshohen Schaumkronen.

Sunny und ich hatten einen Moment für uns alleine. Die anderen aus der Gruppe wollten sich den Meerwasserpool nebenan ansehen. Dort standen unzählige Jugendliche am Beckenrand und kreischten, sobald sie von der wilden Brandung überspült wurden.

»Ist es doof, dass ich nicht gleich surfen gehe?«, fragte ich Sunny.

»Quatsch! Wieso? Wir machen doch nächste Woche einen Surfkurs. Und hier ist es sowieso viel zu voll.«

»Stimmt«, sagte ich erleichtert. Beim Kurs würde ich mich sicherer fühlen und meine Angst vor den hohen Wellen garantiert überwinden. Schließlich konnte ich ja schon surfen!

»Ist es nicht wahnsinnig schön hier?« Sunny breitete die Arme aus und rahmte den leuchtend blauen Himmel ein, über den weiße Wolkenfetzen flogen.

Eine Möwe ließ sich im warmen Luftstrom treiben. Die rot-gelben Fahnen der Rettungsschwimmer flatterten im Wind. Ich schmeckte Salz auf den Lippen und fühlte die warme Sonne auf der Haut. Und plötzlich schossen mir Tränen in die Augen.

»Hey, was ist los, Alina?«, fragte Sunny besorgt.

Ich wischte mir die Tränen weg, aber es kamen sofort neue. Ich saß hier an diesem absolut paradiesischen Ort und heulte. Dafür gab es wirklich überhaupt keinen Grund!

Sunny gab mir ein Taschentuch. »Alles zu viel gerade, hm?«

»Ja«, schniefte ich. »Ich weiß auch nicht. Die Stadt ist so riesig. Alles ist so anders. Die Leute, die Sprache, das Essen. Ständig muss man sich auf was Neues einstellen, irgendwas organisieren. Meine Eltern fehlen mir und ...«

»... und du fragst dich, was zum Teufel du hier machst?«, beendete Sunny meinen Satz. »Wer du eigentlich bist und wer dich auf die völlig verrückte Idee gebracht hat, ein Jahr am anderen Ende der Welt zu verbringen?«

Verblüfft starrte ich sie an. »Ja, genau! Aber woher ...«

Sunny schaufelte den Sand zwischen unseren Handtüchern zu einem Hügel auf. »Geht mir ganz genauso. Gestern Nacht hab ich auch geheult – aber nicht, weil Heike und Katja erst um drei Uhr früh aus dem Pub zurückkamen!«

Ich musste kurz grinsen. Den Schlafentzug hatte ich bei meiner Aufzählung ganz vergessen. In unserem Sechs-Bett-Zimmer wurde es nie richtig ruhig. Entweder hatte jemand zu lange Party gemacht oder musste total früh raus zum Fernbus in die nächste Stadt.

»Dann hast du auch Heimweh?«, fragte ich vorsichtig.

»Ganz schlimm«, gab Sunny zu. »Ich vermisse sie alle total, meine Eltern, meinen Bruder und Moritz, seine Nähe ...« Sie verstummte.

»Lass dich mal drücken!«, sagte ich.

Sunny umarmte mich so fest, dass ich ihre Schulterknochen spüren konnte. Dann ließ sie mich schnell wieder los und zwinkerte mir zu. »Was hältst du von einer Runde schwimmen?«

Ich sprang hoch. »Super Idee!«

Wir rannten zusammen am Zelt der Rettungsschwimmer vorbei. Prickelndes Meerwasser strömte über unsere Füße. Die Gischt nebelte uns mit einem Sprühregen ein. Ich lief los, auf die nächste große Welle zu, und stürzte mich kopfüber hinein.

FREIHEIT

»Bye, Sydney!«, murmelte ich und warf einen wehmütigen Blick durchs Heckfenster des Busses.

Die Stadt würde mir fehlen. In den letzten vierzehn Tagen hatte ich hier so viel erlebt, dass es mir wie ein Monat vorkam. Sunny und ich hatten unsere erste Küstenwanderung gemacht, vom Bondi Beach über schroffe Klippen, Buchten und kleine Strände bis zum Coogee Beach. Wir waren in Museen gewesen, in einem Schokoladencafé und waren mit Eugenie, Lukas, Katja und Heike durch die Pubs gezogen. Jetzt wusste ich, dass es richtig viele australische Biersorten gab, die ziemlich gut schmeckten. Also die drei, vier Sorten, die ich bisher probiert hatte! Aber auf den Kater am nächsten Morgen hätte ich gerne verzichtet. Deshalb hatte ich mir vorgenommen, mich in den nächsten Tagen ein bisschen zurückzuhalten.

»Na, träumst du schon von deiner ersten Welle?«, fragte Sunny.

Ich kehrte in die Gegenwart zurück. »Noch nicht. Aber ich bin echt gespannt auf unser Surfcamp.«

Sunny zog den Flyer hervor, den wir vom Veranstalter bekommen hatten. Seven Mile Beach lag zwei Autostunden südlich von Sydney und war ein beliebter Surfspot. Gleich hinter dem langen Strand begann ein dichter Küstenregenwald und unser Surfcamp lag nur wenige Minuten vom Strand entfernt.

»Ist echt nett von dir, dass du extra wegen mir einen Anfängerkurs gebucht hast.« Sunny stopfte den Flyer zurück in ihre Hosentasche.

»Da muss ich dich leider enttäuschen«, sagte ich, ohne die Mundwinkel zu verziehen. »Ich wollte nicht nett sein. Ich hab nur einfach keine Lust, mich bei einem Fortgeschrittenenkurs bis auf die Knochen zu blamieren. Den Pazifik kannst du nicht mit der Ostsee vergleichen. Ich fürchte, ich muss noch mal ganz von vorne anfangen.«

Sunny stöhnte theatralisch. »Alina Helms! Wann hörst du endlich auf, dich so klein zu machen?«

Heike beugte sich vom Gang zu uns rüber. »Wir können ja wetten, wer zuerst vom Board ins Wasser fällt.«

Lukas war sofort dabei. »Und wer verliert, muss eine Runde Bier ausgeben!«

Eugenie fragte nach, worum es ging, also wechselten wir ins Englische. Inzwischen konnte ich zum Glück einigermaßen flüssig reden. Nur manchmal fehlte mir die eine oder andere Vokabel.

Es war toll, dass Heike, Lukas und Eugenie sich spontan dazu entschlossen hatten, auch den fünftägigen Surfkurs mitzumachen. Katja wollte weiter nach Melbourne und das Backpacker-Pärchen blieb in Sydney, um dort in einem Café zu arbeiten. Da hatten Sunny und ich es richtig gut. Wir konnten die nächsten drei Monate reisen und mussten uns erst danach nach einem Job umsehen. Wenn wir einigermaßen sparsam waren, müsste unser Geld so lange reichen.

Weil wir die ganze Zeit quatschten, verflog die Zeit wie im Flug. Als ich das nächste Mal aus dem Fenster sah, bog der Bus gerade von der Küstenstraße ab und fuhr an ein paar Souvenirläden vorbei zu einem Strandhaus. Eine überdachte, große Terrasse schloss ans

Haus an und neben der Außenwand waren ein Dutzend Surfbretter aufgeschichtet.

»Let's surf and have fun!«, verkündete Philipp, der sich nicht nur um den Shuttleservice der Gäste kümmerte, sondern uns heute Nachmittag auch gleich die erste Surfstunde geben würde.

Ich stieg aus und atmete erst mal tief durch. Wie frisch die Luft hier war, viel besser als ins Sydney! Rings um die Terrasse wucherten Farne und Büsche mit lilafarbenen Blüten. Und auf dem Tisch saß ein bunter kleiner Papagei. Seelenruhig pickte er ein paar Krümel auf. Aber als ich ihn fotografieren wollte, flatterte er doch lieber davon.

Philipp zeigte uns die Zimmer. Eine andere Gruppe war bereits vor uns eingetroffen. Es gab zwei Betten in jedem Raum und auf dem Flur drei Badezimmer. Was für ein Luxus! Wir packten schnell unsere Rucksäcke aus und liefen gleich wieder auf die Terrasse, zum Mittagsbuffet. Ich hatte keinen großen Hunger und schielte die ganze Zeit sehnsüchtig zu den Surfbrettern rüber.

Endlich stand Philipp auf und verteilte die Surfbretter. Wir zwängten uns in die Neoprenanzüge, cremten die Gesichter mit Zink-Sonnencreme ein und marschierten mit unseren Brettern runter zum Strand. Beruhigt stellte ich fest, dass die Wellen hier nicht ganz so hoch waren wie am Bondi Beach.

Philipp setzte sich im Schneidersitz vor sein Board. »Surfing is fun. It's the best feeling you can have in your whole life.«

»Echt jetzt?«, flüsterte Sunny mir ins Ohr. »Da fallen mir aber noch ein paar andere Dinge ein …«

Ich knuffte sie in die Seite, während Philipp uns erklärte, dass man in Australien niemals an einem unbekannten Strand alleine surfen sollte.

»Weil sonst ein Hai aufkreuzt und einen zum Frühstück verspeist?«, fragte Lukas auf Englisch.

Philipp blieb ernst. Es würden tatsächlich jährlich etwa 15 Haiangriffe vor den Küsten Australiens gemeldet, wovon im Durchschnitt einer tödlich endete.

Betroffene Gesichter, Schweigen.

»No worries, mates!«, sagte Philipp prompt. Im Vergleich dazu gebe es wesentlich mehr Verkehrsunfälle und deswegen würde man ja trotzdem jeden Tag auf die Straße gehen, oder nicht?

Allgemeines Nicken.

Philipp berichtete von den starken Strömungen am Pazifik und dass es oft Felsen unter Wasser gab, die das Surfen lebensgefährlich machten. Aber hier sei es natürlich »safe«, wir brauchten uns keine Sorgen zu machen.

Wieder allgemeines, erleichtertes Nicken.

Was jetzt kam, kannte ich schon. Wie man im Meer die Wellen lesen konnte und wann der richtige Zeitpunkt war, auf dem Board aufzustehen. Und Philipp wollte natürlich von uns wissen, ob wir »Goofy« oder »Regular« waren.

»Goofy?«, wiederholte Sunny und prustete los.

Ich erklärte es ihr schnell. »Er hat gefragt, welchen Fuß du auf dem Brett als Vorderfuß verwenden wirst. Bei ›Regular‹ ist der linke Fuß vorne und bei ›Goofy‹ der rechte.«

»Ach, so, alles klar.« Sunny probierte es aus und wir freuten uns, dass wir beide »Goofys« waren.

Philipp klatschte in die Hände. »Let's try the take-off. Come on, guys!« Er zeigte uns eine Trockenübung am Strand: mit dem Bauch aufs Board legen, Hände flach neben der Brust aufstellen, Arme durchstrecken und Oberkörper aufrichten. Dann Schultern und Hüfte zur Seite kippen, den hinteren Fuß auf Kniehöhe vorziehen und im 90-Grad-Winkel aufstellen. Jetzt den vorderen Fuß vorziehen und zwischen den Händen platzieren.

Wir legten uns auf den Bauch und machten es nach. Die meisten schafften die Übung erst nur ganz langsam.

»Great, Alina!«, lobte mich Philipp, nachdem ich schnell und fließend aufgestanden war.

Sunny probierte es ein, zwei Mal. Als es nicht gleich klappte, turnte sie einfach irgendwie auf dem Board herum.

Philipp zeigte ihr den Ablauf der Übung noch mal. Auf die Technik komme es an, die sei ganz wichtig.

Sunny nickte. »Yes, of course.« Sie wartete, bis sich der Surflehrer wieder den anderen zuwandte, und verdrehte dann genervt die Augen. »Ist doch egal, wie man aufsteht. Schau her, das ist free style!«

Ich musste über ihre komischen Verrenkungen lachen, wollte aber auch nichts verpassen. Philipp erklärte nämlich gerade den gesprungenen Take-off. Den mochte ich noch lieber.

»One, two, take off!«, motivierte er uns. »Again!«

Alle waren in der nächsten Stunde voll dabei, nur Sunny alberte weiter herum. Mit ihren Witzen brachte sie die anderen durcheinander, was Philipp auf Dauer nicht so lustig fand. Sie solle sich bitte konzentrieren, ermahnte er sie.

»Yes, of course.« Sunnys Mundwinkel zuckten verräterisch, sie musste schon wieder kichern.

»Gleich gehen wir ins Wasser«, sagte ich leise zu ihr. »Da wird es spannender.«

Ich lauschte auf die Brandung. Ausgerechnet jetzt wurde das Meer rauer. Aber ich wollte da rein, unbedingt!

Nicht nachdenken, einfach machen. Rauf aufs Board und mit den anderen in der Gruppe lospaddeln! Die erste Welle rauschte an, hob mich hoch und ließ mich wieder fallen. War gar nicht so schlimm! Mutig paddelte ich weiter, noch ein bisschen raus, noch mehr und dann drehte ich mich um. Rollte schon eine weiße Schaumwelle an? Ja, da kam sie. Sie hob mein Brett an. Ich paddelte schneller, spürte den Schub der Welle, wartete ... nicht zu früh, erst noch ein bisschen das Board gleiten lassen ...

»Jetzt!«, hörte ich Philipp neben mir rufen.

Ich sprang in die Hocke, schaute nach vorne. Geschafft! Ich stand sicher auf dem Board. Die Welle trug mich bis zum Strand! Ich war so glücklich und konnte es kaum glauben. Sunny war total beeindruckt und winkte mir vom Wasser aus zu.

Es war großartig. Ich wollte mehr, und zwar sofort!

Natürlich war ich beim nächsten Mal zu ungeduldig und stand zu früh auf. Pech gehabt! Die Welle lief unter mir durch. Egal. Ich paddelte einfach wieder raus – und ritt kurz darauf meine zweite Welle zurück zum Strand.

Sunny kam inzwischen trotz Free-Style-Technik erstaunlich gut klar und stand für kurze Zeit ziemlich lässig auf dem Brett.

Eugenie tat sich am schwersten von unserer Gruppe. »Ich will das auch schaffen!«, rief sie mir entschlossen zu, nachdem sie schon ganz oft ins Wasser gefallen war. Philipp gab ihr Hilfestellung und auf einmal klappte es. Eugenie war so stolz – bis Sunny von der Seite angesurft kam und sie vom Board stieß.

»Hey!«, regte Philipp sich auf. Er hätte uns doch vorhin die erste Grundregel beim Surfen erklärt: auf die anderen Rücksicht nehmen.

Sunny zuckte mit den Schultern. »War ja bloß Spaß.« Dann setzte sie sich rittlings auf ihr Brett und machte erst mal Pause.

Ich wollte keine Sekunde verpassen. Sofort paddelte ich wieder raus, suchte die nächste Welle, die übernächste, noch eine ...

Ich fühlte mich so frei, so leicht! Das Meer war wie ein fliegender Teppich, den jemand extra für mich ausgebreitet hatte. Die Zeit stand still. Es gab nur noch die Sonne, das Meer und mein Board.

»Okay, guys!« Philipp winkte uns zurück an den Strand. Für heute sei es genug.

Was, jetzt schon?, dachte ich. Ich hab doch gerade erst angefangen.

Aber als ich dann aus dem Wasser stieg, zitterten meine Beine vor Anstrengung.

Sunny kam mir im Bikini entgegen. Ich hatte gar nicht gemerkt, dass sie früher aufgehört und sich schon umgezogen hatte.

»Und das soll jetzt vier Tage so weitergehen?«, stöhnte sie. »Mir reicht es jetzt schon.«

»Ach, komm!«, munterte ich sie auf. »Am Anfang ist es schwer, ich weiß. Aber du bist echt gut. Wie du das Gleichgewicht hältst ...«

»Ganz toll ...« Sunny machte ein Gesicht, als ob sie in eine Zitrone gebissen hätte.

Ihre Laune besserte sich erst, als wir frisch geduscht auf der Terrasse saßen und Heike eine Runde Cola ausgab. Philipp und Lukas legten Würstchen auf den Grill. Im Baum neben der Terrasse versammelte sich ein Schwarm kleiner Papageien. Sie sangen um die Wette und gaben uns ein kostenloses Abendkonzert.

Im allgemeinen Gelächter beugte sich Sunny zu mir rüber. »Du bist die beste Surferin hier, das weißt du, oder?«

Ich wollte protestieren, aber Sunny ließ es nicht zu. »Die anderen kämpfen alle noch mit der Technik. Du stehst da längst drüber. Ich hab dich beobachtet. Wenn du auf dem Surfbrett stehst, siehst du aus wie ein Profi. Echt cool.«

»Danke!« Ich fand, dass sie übertrieb, aber ich freute mich natürlich.

Vom Surfen war ich immer noch total aufgekratzt. Ich hielt mir das eisgekühlte Glas an die Wange. Heute, da draußen auf dem Meer, hatte ich den absoluten Glücksflash erlebt!

Wir grillten und feierten mit der Gruppe. Ich genoss den Abend total, quatschte mit Eugenie und Heike, lachte mit Lukas und hörte Philipp zu, der uns spannende Surfergeschichten erzählte. Und die ganze Zeit schwang im Hintergrund dieses neue, tolle Glücksgefühl mit. Es mit Sunny zu teilen war so schön. Zusammen erlebten wir alles noch intensiver, noch bewusster. Das Strandhaus, die Terrasse, die Papageien und die anderen waren wie eine verschwenderische Theaterkulisse für uns. Später, in unserem Zimmer, redeten wir noch bis tief in die Nacht.

SOMMER IN BYRON BAY

»Na, was schreibst du Moritz?«, fragte ich und versuchte einen Blick auf die Postkarte zu werfen.

Sunny legte schnell ihre Hand darüber. »Kannst du dir doch denken. Dass ich die Surf-Weltmeisterschaft gewonnen habe, hier im Café gerade meinen Pokal poliere und meinen Freund überhaupt nicht vermisse.«

»Schon klar.« Ich nahm einen Schluck von meinem Flat White, einem doppelten Espresso mit cremigem Milchschaum. »Das ist echt romantisch, was du da machst. Wer nimmt sich heute schon noch die Zeit und schreibt Postkarten?«

»Ich.« Sunny malte ein Herz neben ihren Namen und drehte die Postkarte um.

Auf der Foto-Collage sah man den Strand von Seven Mile Beach, ein Surfbrett, eine Palme und ein Fuchskusu. Das niedliche Beuteltier saß auf einem Ast und hatte ein Junges auf dem Rücken. Gestern hatten wir auf einem Spaziergang ein Fuchskusu gesehen. Sunny war total begeistert gewesen und hatte ganz viele Fotos gemacht.

Mein Handy auf dem Bistrotisch vibrierte. Eine neue Nachricht von Sofie. Sie schrieb mir fast jeden Tag und ich hatte schon ein ganz schlechtes Gewissen, weil ich mich kaum zurückmeldete. Hier passierte so viel, und Sofie rückte immer weiter weg. Statt zu antworten, fummelte ich an meinem Freundschaftsarmband herum. Es war von der Sonne gebleicht und das Meerwasser hatte die Stofffasern verfilzt.

»Wo fahren wir eigentlich hin, wenn die Zeit im Camp zu Ende ist?«, fragte Sunny. »Weiter die Ostküste hoch, das ist klar, aber wohin genau?«

Zwei Tage im Camp lagen noch vor uns. Das Surfen füllte mich so aus, dass ich alles andere ausgeblendet hatte.

»Wir könnten uns Port Macquarie ansehen«, schlug ich vor. »Weißt du noch? Da gibt es doch diesen tollen Küstenwanderweg zu einem Leuchtturm. Und einen kleinen Nationalpark mit Plankenweg durch den Regenwald.«

Sunny runzelte die Stirn. »Stimmt, darüber haben wir mal gesprochen, in Deutschland. Hm ... Klingt eher nach einem Touristenprogramm für Familien. Also ich will den Regenwald anders erleben. Ich stelle mir da mehr so einen Abenteuertrip vor.«

»Mit giftigen Schlangen und Krokodilen?«

»Immer her damit!« Sunny meinte es glatt ernst.

»Und ich dachte, du hättest nach dem Surfkurs erst mal genug von Abenteuer!«, zog ich sie auf.

Sunny rieb sich ihr rechtes Bein, das mit etlichen blauen Flecken übersät war. »Dass Surfbretter so verdammt hart sein können! Und der fiese Muskelkater ... Aber noch mal zu Port Macquarie. Darauf habe ich wirklich nicht so große Lust. Wenn du einen Leuchtturm sehen willst, können wir auch gleich nach Byron Bay fahren.«

»Aber das dauert über zwölf Stunden.«

Sunny zuckte mit den Schultern. »Na und?«

Ich war enttäuscht. Wir hatten doch beide Port Macquarie auf unsere Wunschliste gesetzt. Aber das hatte Sunny anscheinend vergessen. Oder hatte sie ihre Meinung in der Zwischenzeit geändert?

»Hey!«, sagte sie. »Den Plankenweg kannst du auch noch machen, wenn du siebzig bist. Byron Bay ist viel besser. Da sind Backpacker wie wir.«

Sie ließ nicht locker und natürlich musste ich auch nicht jeden Wunsch auf meiner Liste abhaken. »Okay«, gab ich schließlich nach.

Sunny sprang auf und fiel mir um den Hals. »Eine gute Entscheidung!« Sie strahlte so sehr, dass meine Enttäuschung sofort verflog.

»Zahlst du diesmal?«, bat sie mich. »Ich hab meinen Geldbeutel im Camp vergessen.« Sie schwenkte ihre Postkarte und lief voraus zum Briefkasten.

»Klar.« Ich kramte die Münzen für unsere beiden Flat Whites zusammen.

Als ich aufstand, streifte ich mit dem Arm die Kante des Bistrotisches. Das Armband zerriss und fiel auf den Boden. Ich hob es auf und wollte es einstecken, um es später zu reparieren, aber dann tat ich es doch nicht. Beim Ausgang des Cafés warf ich das Armband in den Papierkorb. Es ging ganz leicht, ich hatte nicht mal ein schlechtes Gewissen dabei.

* * *

Es war sechs Uhr abends und immer noch so heiß wie in einem Backofen. Sunny und ich standen mit einem Dutzend anderer verschwitzter Backpacker an der Central Station in Sydney. Weil wir so kurzfristig gebucht hatten, war tagsüber kein Fernbus mehr frei gewesen. Jetzt mussten wir die Nacht durchfahren, wovor mir schon ziemlich graute. Und der Bus würde voll werden. Rucksäcke türmten sich vor, hinter und neben uns, alle waren abfahrbereit, aber weit und breit war kein roter Fernbus zu sehen.

»Sonst sind die doch immer so pünktlich«, stöhnte Eugenie und legte sich trotz Hitze eine Jacke um die Schultern. Ausgerechnet am letzten Tag im Surfcamp hatte sie sich doch noch einen Sonnenbrand geholt.

»Der steht bestimmt im Stau. Wartet mal kurz!« Sunny verschwand in der Menschenmenge und kam nach einer Weile mit einer prallvollen Tasche zurück. »Will hier vielleicht jemand Eiscafé?«

»Ja!« – »Klar.« – »Danke!« Jeder schnappte sich eine eisgekühlte Flasche.

Ich schüttelte den Kopf und lachte. »Du bist echt verrückt!«

»Kann schon sein«, sagte sie, bevor sie ihre Flasche in einem Zug austrank.

Fünf Minuten später kam der Bus. Wir stapelten unsere Rucksäcke in den Gepäckraum, stiegen ein und suchten unsere Sitzplätze. Eugenie und Heike fuhren auch nach Byron Bay. Lukas wollte später nachkommen.

Sunny stöpselte sofort ihr Handy ein und nutzte das kostenlose Internet. Auf dem Display erschien Moritz im Rollkragenpulli.

Er winkte Sunny und mir zu. »Hi, wie geht's euch?«

Wir winkten zurück. »Gut«, sagte Sunny. »Wir fahren jetzt nach Byron Bay.«

Moritz erzählte, dass es in Regensburg heute das erste Mal geschneit hatte. Das konnte ich mir überhaupt nicht vorstellen. Ich setzte Kopfhörer auf und suchte mir eine Playlist aus, damit Sunny und Moritz in Ruhe reden konnten. Und obwohl ich vom Gespräch nichts mitbekam, spürte ich, wie glücklich Sunny war. Immer wieder lachte sie und am Schluss legte sie ihre Hand erst auf ihr Herz und dann aufs Handy. In der Geste lag unglaublich viel Zärtlichkeit.

Nachdem sie fertig war, nahm ich meine Kopfhörer wieder ab.

»Weißt du, was seltsam ist?«, sagte Sunny leise. »Immer wenn wir uns nicht sehen, liebe ich Moritz noch viel mehr. Dann wird es mir erst richtig bewusst.«

Das konnte ich mir gut vorstellen. »Wie lange seid ihr eigentlich schon zusammen?«

»Heute sind es sechs Monate. Und jetzt sagst du bestimmt, dass ich verrückt bin, aber ich weiß, dass es für immer ist. Wir werden irgendwann heiraten und Kinder kriegen.«

»Das ist doch toll. Ich freu mich so für dich!«

»Danke.« Sunny sah mich von der Seite an. »Du bist übrigens der erste Mensch, dem ich das erzähle.«

Das freute mich noch viel mehr. Ich ahnte, dass Sunny hinter ihrer selbstbewussten Art manchmal genauso unsicher war wie ich. Vielleicht verstanden wir uns auch deshalb so gut.

Der Busfahrer begrüßte uns mit ein paar netten Worten, wünschte uns eine angenehme Nachtfahrt und fuhr los.

»Ich kann bestimmt wieder nicht schlafen!«, seufzte Sunny und holte ihr Nackenkissen heraus.

Diesmal wunderte mich gar nicht, was dann passierte. Wir waren noch nicht mal auf dem Pacific Highway, da schlief Sunny bereits tief und fest. Beneidenswert!

Ich legte meine Wange ans Fenster, sah hinaus auf die dicht befahrene Straße und nahm mir fest vor, bis Port Macquarie aufzubleiben. Dort würden wir kurz halten, da noch ein paar Leute zusteigen wollten. Drei Stunden war ich tatsächlich hellwach und fror, weil die Klimaanlage so kalt eingestellt war. Doch als ich das nächste Mal die Stimme des Busfahrers hörte, wünschte er uns einen guten Morgen und verkündete, dass wir gleich eine Frühstückspause einlegen würden.

Sunny streckte ihre Arme aus und gähnte. »Ich glaube, ich bin doch mal kurz weggedöst.«

»Aber nur gaaanz kurz!«, zog ich sie auf.

Es tat unheimlich gut, sich die Beine zu vertreten, und Zähne putzen wollte ich auch unbedingt. Sunny und ich beeilten uns, damit wir bei der Schlange vor der Damentoilette nicht so lange warten mussten.

Im Fast-Food-Lokal saßen zwei alte Männer und spielten Schach.

»Morning bus is here«, murmelte der eine, ohne aufzublicken.

Der andere grinste uns entgegen. »So many good looking backpackers. Australia is getting better and better.«

Ich nahm das mal als Kompliment und ging an den Männern vorbei zur Theke, um mir einen Flat White zu holen. Den Muffin dazu verkniff ich mir. Der Apfel und die Kekse aus dem Surfcamp mussten reichen. Ich hatte in meiner ersten Zeit in Australien schon viel zu viel Geld ausgegeben.

Sunny und ich setzten uns zu den anderen an einen großen Tisch. Alle waren ziemlich zerknautscht von der Nachtfahrt und niemand hatte große Lust zum Reden. Trotzdem war es ein total schönes Gefühl, in die Runde zu sehen. So verschieden wir auch waren, wir Backpacker waren wie eine große Familie. Wir alle könnten jetzt auch in Deutschland an einer Uni sein und für irgendwelche Prüfungen büffeln. Also das tun, was andere von uns erwarteten. Stattdessen waren wir frei und reisten von einem tollen Ort zum anderen. Auch wenn es manchmal echt anstrengend war!

Zum Glück hatten wir es bald geschafft. Nach der Frühstückspause und einer weiteren Stunde Fahrtzeit erreichten wir am späteren Morgen Byron Bay. Draußen waren es schon 25 Grad. Die größte Überraschung beim Aussteigen: Es regnete!

Ich legte den Kopf in den Nacken und genoss den warmen Schauer. Der Wind trieb die Wolken rasch voran und gab immer wieder himmelblaue Puzzleteile frei. Und am Horizont lugte auch schon wieder die Sonne hervor.

Sunny entdeckte im allgemeinen Gedrängel an der Haltestelle eine junge Frau mit einem Pappschild. Darauf stand der Name unseres Hostels, das wir gestern noch schnell gebucht hatten. Ich war so froh, dass es einen Shuttle-Service gab und wir abgeholt wurden!

Auf der kurzen Fahrt bekamen wir schon mal einen ersten Eindruck von Byron Bay. Im Zentrum gab es ganz viele Cafés und kleine Läden mit Sommerkleidern, Esoterik-Krimskrams, alternativem Schmuck und Surfausrüstung. Die Leute bummelten entspannt durch den Ferienort. Ich fühlte mich sofort wohl hier.

Unser Hostel lag total schön am Rande eines Naturreservates. In den Siebzigerjahren hatten hier Hippies, Künstler und Musiker gewohnt und diese Atmosphäre spürte man immer noch.

»Wo wollt ihr übernachten?«, wurden wir am Empfang gefragt. »Im Haupthaus oder in einem Tipi?«

Sunny und ich sahen uns an. »Tipi!«, antworteten wir gleichzeitig.

Das war echt mal was Neues. Wir liefen mit unseren Rucksäcken los. Jede Unterkunft auf dem Gelände sah anders aus und alles war farbenfroh angemalt. Es gab einen Pool. Und Hängematten. Ein Café und auch eine Bar. Und man konnte sich kostenlos Fahrräder ausleihen.

Sunny zwinkerte mir zu. »Und, wie lange bleiben wir hier?«

»Mindestens ein Jahr!«

In dem Moment meinte ich es wirklich ernst. So hatte ich mir Australien immer vorgestellt. Genau diesen Mix aus Lässigkeit, Surfkultur und Veganern.

Das Tipi hatte vier Schlafplätze und war total gemütlich. Nachdem wir ausgepackt und geduscht hatten, sprangen wir sofort in den Pool. Ich legte mich auf den Rücken und ließ mich im kühlen Wasser treiben. Bis Sunny mich nass spritzte und untertauchte. Da musste ich mich natürlich rächen!

Dann legten wir uns in die Hängematten und beschlossen, unseren ersten Tag ganz ruhig angehen zu lassen. Vielleicht könnten wir später am Strand spazieren gehen und uns am Abend mit Eugenie und Heike verabreden, die in einem anderen Hostel übernachteten.

Je länger ich in der Hängematte lag, umso entspannter wurde ich. Ich machte die Augen zu. Das Wasser im Pool plätscherte. Vögel zwitscherten um die Wette. Von irgendwoher kam leise Gitarrenmusik. Hatte drüben im Café jemand Musik aufgelegt? Nein, das war live, oder?

Ich schlug die Augen auf und sah mich suchend um. Dann entdeckte ich ihn. Er saß auf der Treppe vor dem Haupthaus. Die dunklen Haare fielen ihm in die Stirn, während er sich über seine Gitarre beugte. Er schien alles um sich herum vergessen zu haben, war ganz bei sich und der Musik. Er spielte wunderschön. Eine Melodie, die mich ans Meer erinnerte, an das Rauschen der Wellen.

»Worauf wartest du noch?«, kam es aus der Hängematte neben mir.

»Was meinst du?«, fragte ich zurück, ohne mich nach Sunny umzudrehen. Die Musik war wie ein Sog, der mich zu ihm hinzog. Unwiderstehlich.

»Sprich ihn an.«

Drei kleine Worte. Sunny hatte in mir wie in einem offenen Buch gelesen, noch bevor ich mir selber über meine Gefühle richtig klar geworden war. Jetzt musste ich mich doch zu ihr umdrehen. »Das kann ich nicht. Ich bin nicht gut in so was.«

»Natürlich kannst du das«, widersprach Sunny. »Sei einfach du selbst, du bist viel charmanter, als du denkst.«

»Bin ich nicht.«

»Klar.«

»Nein.«

»Doch.«

Obwohl wir nur halblaut redeten, hatte ich Angst, dass er uns hören könnte. Das wäre so peinlich gewesen.

Aus dem Haupthaus rief jemand: »Mason?«

»I'm coming.« Er hörte auf zu spielen, stand auf und verschwand mit der Gitarre unter dem Arm im Haus.

Sunny stieß einen tiefen Seufzer aus. »Tja, Chance verpasst.«

Ich biss mir auf die Unterlippe. Warum konnte ich nicht so locker sein wie Sunny? Dieses eine Mal bloß?

»Mach dir keine Sorgen«, tröstete mich Sunny. »Den sehen wir bestimmt wieder.«

Da war ich mir nicht so sicher. Was war, wenn er heute noch abreiste? Wenn er gerade seinen Rucksack packte?

Mason. Wenigstens wusste ich seinen Namen.

Sunny sprang schwungvoll aus ihrer Hängematte. »Genug gefaulenzt! Lass uns an den Strand gehen.«

»Gute Idee.« Ablenkung war jetzt genau das, was ich brauchte. Ich hatte mich da viel zu schnell in etwas hineingesteigert.

Den Weg zum Hauptstrand zu finden war ganz leicht. Wir liefen einfach den Leuten mit den Surbrettern hinterher. Sofort juckte es mich wieder in den Beinen. Gleich morgen würde ich mir ein Board ausleihen!

Inzwischen hatte der Wind sämtliche Wolken vertrieben. Ein strahlend blauer Himmel wölbte sich über dem Main Beach. Jede Menge Surfer tummelten sich im Wasser. Weiter draußen schaukelten ein paar Kanus auf den Wellen. Und in der Ferne auf einem Berg sah man das weiße Wahrzeichen der Stadt: den Leuchtturm Cape Byron Light.

Wir zogen unsere Schuhe aus und liefen in Richtung Leuchtturm am Strand entlang. Der Sand war fein wie Puderzucker und gleichzeitig schön glatt und fest. Man sank gar nicht ein mit den Füßen. Wir spazierten immer weiter bis zu der Stelle, wo ein kleiner Hügel aus schwarzen Steinen zwei Strandabschnitte voneinander trennte. Dort setzten wir uns hin und sahen den Surfern zu. Eine Anfängergruppe war auch dabei, die sich nach den Trockenübungen zum ersten Mal ins Wasser wagte.

Sunny schaute mich halb belustigt, halb entsetzt an. »Sag mir jetzt bitte, dass wir uns nicht ganz so doof angestellt haben!«

»Natürlich nicht«, versicherte ich ganz ernsthaft. »Besonders du mit deinem Free Style warst voll der Profi.«

Sunny stutzte kurz, dann prustete sie los. Und ich hatte keine Chance, ernst zu bleiben.

Nach einer Weile wischte sich Sunny die Lachtränen aus den Augen. Dann legte sie den Arm um meine Schulter. »Aber eine Sache musst du mir versprechen, hörst du? Bei der nächsten Gelegenheit flirtest du mit diesem Gitarren-Romeo.«

Mason.

Ein Funke sprühte in meinem Herzen.

»Hier sind wir!«, brüllte Heike gegen die laute Musik an. Sie stand mit Eugenie an der Bar, wo das Gedränge an größten war und alle gleichzeitig versuchten, den Barkeeper auf sich aufmerksam zu machen.

Sunny und ich bahnten uns einen Weg durchs Partyvolk. Offensichtlich hatten wir uns das beliebteste Pub in ganz Byron Bay ausgesucht. Der Laden war rappelvoll. Um die rustikalen Bistrotische, die jemand aus alten Bierfässern gezimmert hatte, drängelten sich die Glücklichen, die bereits ein Bier hatten. Mason war leider nicht dabei, aber das wäre auch zu schön gewesen.

Endlich hatten wir uns zu Heike und Eugenie durchgeboxt. »Hi!« Ich umarmte die beiden und schlug vor, Fish & Chips für alle zu bestellen.

»Ja, gerne«, sagte Heike.

Sunny nickte. »Bestellt schon mal. Bin gleich wieder da.« Dann ging sie von Tisch zu Tisch und quatschte die Leute an.

Sunny war ein Genie. Sie organisierte uns einen freien Tisch in einer gemütlichen Ecke des Pubs. Dort konnten wir sogar sitzen. Und da kamen auch schon Heike und Eugenie mit dem Essen und den Getränken. Wir prosteten uns zu und futterten Fish & Chips. Sunny war super gut drauf. Sie redete total viel und steckte alle mit ihrem lauten Lachen an. Später sprachen wir darüber, was wir am nächsten Tag alles machen wollten, außer surfen natürlich.

Heike und Eugenie hatten sich am Nachmittag zu einer Kanutour angemeldet. »Kommt doch mit«, schlug Heike vor.

Ich hatte sofort Lust, aber Sunny zögerte. »Weiß nicht. Vielleicht, vielleicht auch nicht.«

Heike runzelte die Stirn. »Also was jetzt?«

»Weiß nicht«, wiederholte Sunny leicht genervt.

Komisch, dachte ich, gerade war sie doch noch so gut drauf gewesen.

»Sunny kann sich immer so schwer entscheiden!«, erklärte ich lachend und wechselte schnell das Thema. »Stimmt es, dass es hier heute noch Live-Musik gibt?«

»Ja«, sagte Eugenie. »Die haben nebenan noch einen Club. Da kann man auch tanzen.«

Meine Beine kribbelten. Ich hatte viel zu lange nicht mehr getanzt!

Wir hatten alle Lust auf Live-Musik, nahmen unsere Gläser mit und wechselten den Raum. Im Club war es noch nicht ganz so voll wie im Pub. Von der Decke hingen alte Fischernetze und Surfbretter, die jemand mit bunten Lichterketten umwickelt hatte. Die Bühne dagegen war komplett mit schwarzen Tüchern verhängt.

Heike und Eugenie wollten ganz nach vorne, so nah wie möglich zur Band. Ich ließ mich von ihnen mitziehen.

Die Musiker, alle sehr jung, gerade mal achtzehn oder höchstens zwanzig, machten den letzten Soundcheck. Sie witzelten herum und nahmen sich gegenseitig auf den Arm. Der Schlagzeuger probierte ein paar Trommelwirbel aus. Der Bassist stieg kurz mit ein, hörte dann wieder auf und fummelte am Verstärker herum.

Eugenie flüsterte mir auf Englisch ins Ohr: »Und, Alina, wer sieht am besten aus? Der Sänger oder der Bassist?«

Ich musste lachen, weil die Frage gar nicht leicht zu beantworten war. Der Sänger hatte schulterlange Haare und beugte sich die ganze Zeit so weit nach vorne, dass man sein Gesicht nicht erkennen konnte.

»Sunny, was meinst du?«, fragte ich über die Schulter nach hinten.

Keine Antwort.

Ich drehte mich um. Hinter mir stand eine Jungs-Clique. Sunny war gar nicht mit nach vorne gekommen! Suchend sah ich mich um, aber ich konnte sie nirgends entdecken. Doch, da hinten in der Ecke stand sie. Sie lehnte an einer Säule, das Bierglas in der Hand, und wirkte so gelangweilt, als ob das alles hier sie nichts anging. Schade!

Ich überlegte kurz, ob ich vorher irgendwas Falsches gesagt hatte, aber mir fiel beim besten Willen nichts ein.

Jetzt sah Sunny in meine Richtung. Plötzlich hellte sich ihr Gesicht auf, sie lächelte mich an. Mit raumgreifenden Gesten gab sie mir zu verstehen, dass ich mich ruhig amüsieren sollte. Alles gut.

Ich konzentrierte mich wieder voll auf die Band. Genau im richtigen Moment.

Der Leadsänger griff zum Mikrofon. »Hi, everybody! So glad to be your band for tonight. I'm Colin. How are you?«

Begeisterte Rufe von allen Seiten. »Great!«, brüllte Heike, und Eugenie und ich stampften mit den Füßen.

Der Schlagzeuger gab mit den Sticks den Takt vor. Dann legte er los. Ein flirrender Beat, wie die australische Sonne zur Mittagszeit. Ich machte die Augen zu und fing an, mich zu bewegen.

Bald schon sang ich den Refrain mit: »Everything. Everything. Just right.«

Ja, genau! Alles fühlte sich richtig an. Dass ich in Australien war, hier in Byron Bay. Die Musik war perfekt. Ich war perfekt. Mein Körper, meine Seele waren eins, sie vibrierten im selben Rhythmus.

Der nächste Song begann, diesmal mit härteren Beats. Ich tanzte schneller, tobte mich aus. Neben mir Heike und Eugenie, auch voll im Flow. Und all die anderen um uns herum. Sunny konnte ich nicht mehr sehen, weil so viele Leute dazugekommen waren. Der Club brodelte. Die Band spielte einen Partysong nach dem anderen. Am Schluss ein furioses Schlagzeugsolo, Trommelwirbel und ...

»Thank you, guys!« Ein atemloser Colin verbeugte sich.

Wir klatschten und jubelten und forderten lautstark eine Zugabe.

»George on the bass guitar«, rief Colin in den begeisterten Applaus hinein.

»Our last song is a song about dreams«, schickte der Bassist als Ankündigung voraus. Dann spielte er ein langsames Bass-Intro. Eine schlichte Harmoniefolge, die mich mitten ins Herz traf.

Colin sang von kleinen und großen Träumen. Von solchen, die zerplatzten. Und von solchen, die ganz leicht in Erfüllung gingen. Und von dem einen großen Traum, den man niemals aufgeben sollte.

»Your dream.«

Mein Traum von Australien. Er war in Erfüllung gegangen, weil ich dafür gekämpft und ihn mir selbst erfüllt hatte. Ich war so glücklich, ich wollte am liebsten die ganze Welt umarmen. Ich streckte die Arme aus, ganz weit ...

Ein Widerstand. Warme Haut berührte meinen rechten Arm.

»Oh, sorry!«, entschuldigte ich mich.

»No problem.«

Ich sah hoch und mein Herz setzte einen Schlag aus.

Mason!

Dass er hier war, als ich absolut nicht damit gerechnet hatte, überwältigte mich. In diesem Club voller Menschen, in all dem Gedränge war ich ausgerechnet mit Mason zusammengestoßen!

Ich war so verwirrt, dass ich nicht mal sein Lächeln erwidern konnte. Zum Glück setzte George auf der Bühne gerade zu einem Bass-Solo an. Es war dieselbe Melodie wie beim Intro, aber diesmal war Mason neben mir. Er mochte die Melodie genauso sehr wie ich, das spürte ich. Wir hörten zu, tauchten ein in die Musik, bis Colin irgendwann wieder zum Mikrofon griff.

Mason wandte den Kopf zu mir und flüsterte in mein Haar hinein: »You look so beautiful when you dance.«

Ich wurde rot und wusste nicht, was ich sagen sollte. Aber das musste ich auch nicht. Mason legte die Arme um meine Taille. Warm und leicht lagen sie dort, und es fühlte sich unglaublich gut an. Dann bewegten wir uns langsam zur Musik. Tanzten auf der Stelle. Unsere Körper fanden in traumwandlerischer Sicherheit einen gemeinsamen Rhythmus. Ich machte die Augen zu und ließ mich fallen.

DER ÖSTLICHSTE PUNKT DER WELT

Eine australische Nacht ist voller Geräusche. Wie vielfältig sie sind, fiel mir erst auf, als ich hellwach in unserem Tipi lag. Im Hintergrund hörte ich die gleichmäßigen Atemzüge von Sunny und den zwei anderen Frauen. Die Tiere draußen vor dem Zelt waren wesentlich lauter. Ein Vogel klang so, als ob er lachen würde. Ein anderer gab hohe, pfeifende Laute von sich. Grillen zirpten um die Wette. Und in unregelmäßigen Abständen raschelte es irgendwo im Gebüsch. Welches Tier das wohl sein mochte?

Aber wenn ich ehrlich war, dachte ich gar nicht an die exotischen Tiere, sondern vor allem an Mason. Lag er jetzt auch wach, so wie ich, nur ein paar Meter entfernt im Haupthaus? Dachte er an mich, und spielte sein Herz auch gerade verrückt?

Es war so wundervoll gewesen, mit ihm zu tanzen. Wir hatten wegen der lauten Musik nur ein paar Worte wechseln können, aber ich war mir ziemlich sicher, dass wir uns wiedersehen würden. Ich wollte mit ihm zusammen sein. Ihn näher kennenlernen.

Er hatte gesagt, ich sei schön. Kaum zu glauben!

Ich drehte mich auf die linke Seite und kniff die Augen zu. Es hatte keinen Sinn, hier stundenlang wach zu liegen, ich brauchte meinen Schlaf. Sunny und ich wollten morgen schließlich surfen gehen, besser gesagt heute. Ich warf mich noch einmal herum. Über mir im Stockwerkbett hörte ich Sunny seufzen.

»Hab ich dich aufgeweckt?«, flüsterte ich.

»Schon gut«, flüsterte sie zurück und ließ ihren Arm nach unten hängen. »Du denkst an Mason, stimmt's?«

Ich drückte ihre Hand. »Also … ich …« Im zweiten Anlauf schaffte ich es. »Ich glaub, ich hab mich verliebt!«

Pause.

»Ist doch toll«, sagte Sunny. »Wenn ich nicht mit Moritz zusammen wäre, würde ich bei deinem Gitarren-Romeo auch schwach werden.«

Wir kicherten.

»Könnt ihr bitte mal leise sein?«, beschwerte sich Patty, die Amerikanerin im Stockbett neben mir. »Andere Leute wollen schlafen.«

Ich wechselte wieder in den Flüstermodus. »Glaubst du, Mason hat sich auch in mich verliebt?«

»Ich bin mir sogar ziemlich sicher«, antwortete Sunny. »Ich hab ihn beobachtet, während ihr getanzt habt. Er ist voll dahingeschmolzen.«

»Echt?« Ich wünschte mir so, dass Sunny richtiglag, aber ich wollte mich nicht zu früh freuen.

»Wir setzen uns einfach beim Frühstück an seinen Tisch«, schlug Sunny vor. »Dann könnt ihr ganz locker ins Gespräch kommen.«

Ich musste lachen. »Locker, klar.«

»Pssst!«, zischte Patty.

Sunny gab einen patzigen Kommentar zurück, aber ich war Patty im Grunde sogar dankbar. Jetzt sollte ich wirklich mal zur Ruhe kommen!

Drei Stunden später gingen Sunny und ich zum Café rüber, wo es schon herrlich nach Kaffee duftete. Obwohl die Sonne gerade erst aufgegangen war, hatten sich dort bereits einige Backpacker versammelt.

»One latte to go?«, rief die Bedienung hinter dem Tresen.

»Yes, thank you.« Mason entdeckte mich und sagte schnell: »*Two* latte, please!« Und zu mir mit einem strahlenden Lächeln: »Good morning!« Dann fragte er, ob ich Zucker wollte.

»Ich ... äh ... yes«, antwortete ich, während mein Puls ganz ohne Koffein auf hundertachtzig hochschnellte.

Mason griff in die Schale mit den Zuckertütchen und schlug auf Englisch vor: »Hast du Lust, mit mir zum Leuchtturm zu gehen? Am besten jetzt gleich. Dort soll es am Morgen besonders schön sein.«

Mir verschlug es die Sprache.

Sunny gab mir hinter Masons Rücken hektische Zeichen. Sag bloß Ja!

Ich nickte. »Yes!«

Mason freute sich sehr, aber er wollte nicht unhöflich sein und sah Sunny fragend an.

»Oh!« Sunny warf einen Blick auf ihre Armbanduhr. »I'm already late.« Echt schade, dass sie nicht mitkommen könne, aber sie sei leider verabredet, zu einer Kanutour. Und dann war sie auch schon weg.

Ich konnte es nicht glauben, dass alles so einfach war. Mason wollte mich besser kennenlernen und etwas mit mir unternehmen und ich mit ihm!

Wir liefen los, erst mal raus aus dem Hostel und dann weiter Richtung Zentrum. Am Anfang schwiegen wir, tranken nur ab und zu von unserer Latte und sahen uns dabei verlegen an. Dass Mason anscheinend genauso nervös war wie ich, beruhigte mich etwas.

»By the way, my name is Mason«, sagte er irgendwann später, als wir bei einem Biobauernhof vorbeikamen. Grüne Sträucher mit Passionsfrüchten säumten unseren Weg. Ein blauer Schmetterling tanzte in der Luft.

»I'm Alina.«

»A beautiful name«, fand Mason. Ob ich aus Deutschland sei? Er käme aus London.

Als ich nickte, fing er an zu grinsen. »Ich war mal ein Jahr in Nürnberg, zum Schüleraustausch an einem Gymnasium. Da hab ich auch Gitarre gelernt.«

»Du sprichst Deutsch?!«

»Klar.« Mason tat so, als sei es die selbstverständlichste Sache der Welt. Er schlug vor, Deutsch zu reden. Dann würde er in Übung bleiben.

Ich verliebte mich auf der Stelle ein zweites Mal: diesmal in Masons süßen englischen Akzent. »Du spielst wirklich unglaublich gut Gitarre«, sagte ich.

»Danke! Am Anfang war es echt schwer. Ich hab geübt wie ein Verrückter, aber das war es mir wert.« Er lachte. »Ja, die Musik macht mich glücklich.«

Inzwischen waren wir im Zentrum von Byron Bay angekommen und schlenderten unter den Arkaden an lauter bunten Läden vorbei. Bei einem Geschäft mit Surfausrüstungen blieb ich kurz stehen, um mir die Auslage anzusehen.

»Du surfst gerne, oder?«, fragte Mason.

»Woher weißt du das?«

Mason lächelte. »Weil deine Augen so strahlen. Wie gestern, beim Tanzen.«

Sofort war alles wieder da: der Club, die Musik, Masons Hände auf meiner Taille, der Duft seiner Haut. Mir wurde leicht schwindelig. Schnell lief ich ein Stück voraus bis zur nächsten Kreuzung.

Jetzt konnte man schon die salzige Meerluft riechen. Wir schlängelten uns zwischen den parkenden Autos hindurch. Aus den offenen Kombis, die viele – nicht nur hier in Byron Bay – als Schlafplätze nutzten, kam leise Musik. Mason und ich liefen hinunter zum Strand.

Heute war das Meer erstaunlich ruhig, die Wellen nicht ganz so hoch wie sonst. Trotzdem trafen wir schon die ersten Surfer, die sich eine geeignete Stelle suchten, um rauszupaddeln.

»Surfst du auch?«, fragte ich Mason.

Er schüttelte sich wie ein Hund, der aus dem Wasser kam. »Oh no! Bis jetzt hab ich mich noch nicht getraut. Und ich hatte auch gar keine Zeit. Ich will nämlich hier in Australien eine Band gründen und suche noch Musiker. Aber ich sehe den Surfern gerne zu. Wie fühlt sich das an, Alina, da oben auf dem Board zu stehen?«

»Wunderschön«, sagte ich. »Wenn du die Wellen unter dir spürst, den Rhythmus, das ist wie Musik.«

»Dann sollte ich es vielleicht doch mal versuchen und nicht dauernd nur in irgendwelchen Probenkellern abhängen. Du könntest mir helfen. Aber nicht heute.« Mason lächelte mich verschmitzt an.

»Nein, nicht heute«, widerholte ich leise.

Wir zogen unsere Schuhe aus und liefen barfuß, immer auf den Leuchtturm zu. Noch war er ganz klein, nicht mehr als ein Tupfen weißer Farbe zwischen grünem Hügel und wasserblauem Himmel.

Am Ende vom Main Beach, bei den schwarzen Steinen, führte der Weg an der Straße weiter, bis wir auf einen kleinen Wanderweg stießen. Jetzt ging es ziemlich steil bergauf. Der Leuchtturm verschwand aus unserem Blickfeld. Mason lief zügig voraus. Er war ziemlich sportlich und kam gar nicht aus der Puste. Nach ein paar Kehren erreichten wir eine Aussichtsplattform.

»Bist du bereit für den feierlichsten Moment deines Lebens?«, fragte Mason.

Mein Herz schlug schneller. Was kam jetzt? Etwa eine Liebeserklärung? Aber dann entdeckte ich das Schild am Zaun.

»Ach so, hier ist das also«, sagte ich. »Der östlichste Punkt von Australien!« Ich hatte in einem Reiseführer davon gelesen.

Mason zog sein Handy heraus. »Selfie?«

»Komm, wir lassen uns fotografieren!«, sagte ich spontan und lief auf eine ältere Frau zu, die gerade mit ihrem Mann auf dem Rückweg vom Leuchtturm vorbeikam.

Es waren Australier. Die Frau nahm Masons Handy und der Mann versuchte uns mit kleinen Witzen zum Lachen zu bringen.

»What kind of music do kangaroos listen to? Hip Hop!«

Und wir sollten nicht so steif dastehen. »Umarmt euch doch mal!«, schlug er uns mehrfach auf Englisch vor.

»You are such cute lovers!«, fand die Frau.

Mason grinste mich an. »Cheese, sweetheart!«

»Yes, darling«, gab ich zurück und schmiegte mich an seine Brust.

Erst als die Australier weit genug entfernt waren, lachten wir laut los.

»Okay, darling«, sagte ich. »Wer zuerst oben beim Leuchtturm ist!« Ich nahm immer zwei Stufen auf einmal und rannte, so schnell ich konnte.

Mason zog in lockerem Trab an mir vorbei. »Bis später!«, rief er mir zu.

Als ich oben ankam, lehnte er schon lässig am Geländer der großen Terrasse.

»Das ist unfair. Du hast viel längere Beine als ich«, beschwerte ich mich.

»Dafür sind deine viel schöner als meine.« Auf einmal stöhnte Mason. »Mann, war das schwer, ein Liebespaar zu spielen!« Ein verräterischer Schalk blitzte aus seinen Augen.

»Ich ... äh ... ich musste mich auch total überwinden«, behauptete ich. »Wo ich dich doch so unsympathisch finde.«

»Geht mir ganz genauso. Danke, dass du so ehrlich bist, Alina.« Da schwang dieser neue, zärtliche Ton in seiner Stimme mit. Mason löste sich vom Geländer und kam langsam auf mich zu.

Es waren immer noch viel zu viele Meter zwischen uns. Ich flog

Mason entgegen und dann fielen wir uns in die Arme. Endlich, dachte ich, als ob ich mein Leben lang darauf gewartet hätte.

Sanft nahm Mason mein Gesicht in seine Hände und küsste mich.

* * *

»Du willst *was*?!« Sunny ließ ihren offenen Rucksack auf den Boden plumpsen. Ein Knäuel aus zerknautschten T-Shirts und Shorts rutschte heraus.

Ich bückte mich und hob es auf. Sunny nahm mir die Sachen nicht ab. Sie war sauer.

»Hör mal, ich freue mich echt für dich, dass du dich verliebt hast, aber deswegen musst du doch nicht gleich unsere ganze Reiseplanung umwerfen.«

»Tue ich ja gar nicht«, verteidigte ich mich.

»Doch!«

»Nein.«

»Logisch tust du das!«

Es ging um etwas ganz anderes. Sunny war eifersüchtig! Natürlich hatten Mason und ich in den letzten drei Tagen viel Zeit gemeinsam verbracht, waren lange spazieren gegangen und mit dem Rad losgezogen. Aber mit Sunny hatte ich auch viel gemacht: surfen, unser Bummel über den Flohmarkt, der Yogakurs ...

Sunny stopfte ihre Schmutzwäsche in einen Beutel. »Das war seine Idee, oder?«

»Nein, meine. Mason hat mir erzählt, dass er bald weiter nach Brisbane will. Das ist doch auch unser nächstes Ziel. Wir könnten zu dritt reisen. Liegt nahe, oder?«

»Klar.«

»Mit dem Bus oder ... Mensch, wir könnten uns auch ein Auto kaufen! Mason gibt bestimmt was dazu.«

»Natürlich.«

»Magst du ihn nicht? Liegt es daran?«, hakte ich nach.

Sunny gab ihrem Rucksack einen Fußtritt. »Ich geh jetzt Wäsche waschen«, teilte sie mir mit und dampfte wütend ab.

Erschöpft sank ich auf mein Bett. So hatte ich Sunny noch nie erlebt. Was sollte ich jetzt tun? Zu Mason gehen und das Ganze abblasen? Er würde furchtbar enttäuscht sein. Und ich sah es auch gar nicht ein. Ich musste noch mal mit Sunny reden, wenn sie sich wieder beruhigt hatte. Aber erst mal brauchte ich frische Luft – und etwas Kaltes zum Trinken. Es war so heiß heute.

Ich ging rüber zum Café und bestellte eine Cola. Patty und Heike waren auch da.

»Sag mal, gibt es hier in Byron eigentlich auch einen Buchladen?«, fragte mich Patty.

»Ja, klar«, sagte ich und erklärte ihr, wie sie am schnellsten dorthin kam.

Wir redeten eine Weile über unsere Lieblingsbücher und Lieblingsautoren. Dann hörte ich ein vertrautes Lachen.

Ich musste zweimal hinsehen, bevor ich es glauben konnte. Sunny stand mit Mason vor dem Haupthaus, bestens gelaunt, als ob nichts gewesen wäre. Glasklar konnte ich ihre Stimme hören, als sie sagte: »Du, was mir gerade einfällt: Was hältst du davon, wenn wir uns zu dritt ein Auto kaufen und zusammen nach Brisbane fahren?«

SPANNUNGEN

Ich hatte mich schon wieder verliebt. Mein Neuer war drei Jahre jünger als Mason, noch sportlicher und knallrot. Ich strich über die glänzende Motorhaube und konnte es noch nicht richtig glauben. Der Wagen gehörte jetzt zu mir! Genauer gesagt, zu Sunny, Mason und mir. Er würde unsere Abenteuer mit uns teilen, unsere Sehnsucht und Hunderte von Kilometern auf staubig heißen Straßen.

»Viel Spaß dann«, wünschte uns Pascal, dem wir den Kombi gerade abgekauft hatten, und hievte sich seinen ultraschweren Rucksack auf die Schultern.

Nachdem er um die Ecke in Richtung Bushaltestelle abgebogen war, klimperte Sunny mit den Autoschlüsseln. »Na, wie habe ich das gemacht? Er ist noch mal mit dem Preis runtergegangen.«

»Du warst super!«, sagte ich. Wenn Sunny nicht gewesen wäre, hätte dieser Kauf ein noch größeres Loch in meine Reisekasse gerissen. Irgendwie hatte sie herausbekommen, dass Pascal morgen nach Deutschland zurückflog und das Auto deshalb dringend loswerden musste.

Mason sah mich zärtlich an. »Ich finde, wir waren alle ziemlich gut. Alina hat darauf bestanden, eine Probefahrt zu machen. Und mir ist aufgefallen, dass die Bremsleuchte kaputt ist.«

»Die ich dann gleich selbst repariert habe«, erwähnte Sunny.

Ich musste lachen. »Wir können hier natürlich noch ewig rumstehen und uns gegenseitig bewundern. Oder wir fahren langsam mal los.«

»Aber gerne doch«, sagte Sunny, schloss den Wagen auf und fing an, schwungvoll unser Gepäck einzuladen.

»Stopp!«, rief Mason. »Die Gitarre nehme ich lieber mit nach vorne.«

Sunny gab ihm die Tasche mit einem entschuldigenden Lächeln. »Natürlich, die darf nicht kaputtgehen. Tut mir leid, Mason.«

»Kein Problem.«

»Danke.«

Ich war froh, dass sie und Mason sich offenbar so gut verstanden. Wahrscheinlich hatte ich Sunny mit meinem geänderten Reiseplan bloß überrumpelt. Deswegen war sie kurz sauer auf mich gewesen.

Jetzt stieg sie ganz selbstverständlich vorne in den Wagen. »Ihr habt doch nichts dagegen, wenn ich zuerst fahre, oder? Alina, du musst dich unbedingt neben mich setzen. Ich brauche dich mit dem Navi und deinem genialen Orientierungssinn. Ohne dich bin ich komplett verloren.«

»Äh ... ja, natürlich.«

Insgeheim hatte ich mich darauf gefreut, mit Mason auf der Rückbank zu kuscheln, aber das konnten wir später ja immer noch machen.

Dann waren wir endlich on the road!

Die Klimaanlage funktionierte einwandfrei, und unser Kombi brummte zuverlässig vor sich hin. Sunny fuhr schnell. Sie trug eine dunkle Sonnenbrille, und ihre schmalen Hände hielten das Lenkrad lässig am unteren Rand. Immer wieder sah sie zu mir herüber und lächelte mich an.

»Es ist so schön, mit dir unterwegs zu sein«, sagte sie leise. »Ich hatte noch nie so eine tolle Freundin wie dich.«

»Ich auch nicht.«

Sunny konzentrierte sich wieder aufs Fahren. Mit dem Linksverkehr kam sie total gut zurecht. Als ich ihr sagte, dass sie abbiegen sollte, verwechselte sie zwar kurz Blinker und Scheibenwischer, aber statt nervös zu werden, nahm sie es mit Humor. »Wisst ihr, was ich mir die ganze Zeit als Mantra vorsage? Linksfahren ist gaaanz leicht. Linksfahren ist gaaanz leicht.«

»Ommm!«, witzelte Mason.

»Jetzt fehlt nur noch die Entspannungsmusik«, fiel mir ein.

Ich hatte an eine Playlist gedacht, aber Mason packte seine Gitarre aus und fing an, leise zu improvisieren. Jedes Mal, wenn er eine Saite zupfte, fühlte es sich an, als würde er mich sanft berühren. Ich war so verliebt in ihn, so glücklich!

Die Landstraße ging in den Pacific Highway über. Ich lehnte mich in meinem Sitz zurück und sah aus dem Fenster. Die Strecke war wunderschön, rechts und links viel Wald und Nationalparks. Später überquerten wir den Brunswick River, der weiter östlich in die Tasmansee, ein Randmeer des Pazifischen Ozeans, mündete. Das konnten wir allerdings von der Straße aus nicht sehen. Sunny fuhr etwas langsamer. Ein großer Camper mit zwei Surfbrettern auf dem Dach überholte uns.

»Weißt du noch, Philipp und seine Surfer-Storys?«, fragte Sunny mich. »Und was Lukas über die Haie gesagt hat?«

»Ja, klar«, sagte ich und musste grinsen.

Mason unterbrach sein Gitarrenspiel. »Wer ist Philipp?«

»Unser Surflehrer«, erklärte Sunny. Dann kramte sie eine Erinnerung nach der anderen aus ihrem Gedächtnis. Von unserem Surfcamp und von Sydney, Gespräche, die wir in den Pubs geführt hatten, unser Tag am Bondi Beach, im Taronga Zoo und so weiter. Wenn

Sunny sich einmal in Fahrt geredet hatte, hörte sie so schnell nicht mehr auf. Sie konnte super erzählen und merkte sich die unglaublichsten Details.

Am Anfang klinkte Mason sich noch ab und zu ein, dann sagte er nichts mehr, lächelte einfach und fing irgendwann wieder an zu spielen. Sunnys begeisterte Stimme, die ich so sehr mochte, mischte sich mit seinen sanften Gitarrenklängen. Die absolut perfekte Kombination, und die Zeit verging dabei so schnell.

Die Landschaft um uns herum hatte sich inzwischen stark verändert. Wir kamen wieder näher an die Küste, und dann waren wir auf einmal mitten zwischen den Hotel-Hochburgen an der beliebten Gold Coast. Dorthin wollten viele Backpacker, um tagsüber zu surfen und die Nächte durchzufeiern. Nicht so ganz mein Geschmack und der von Sunny und Mason zum Glück auch nicht.

Sunny setzte den Blinker – diesmal den richtigen! – und folgte den Schildern zu einer Raststätte.

»Ich brauche dringend eine Pause, Leute«, verkündete sie. »Und ein Sandwich. Wir treffen uns im Café, ja?«

Gekonnt parkte sie den Wagen rückwärts in die letzte freie Lücke. Dann lief sie in der Mittagshitze rasch zu den Damentoiletten. Bewundernd sah ich ihr nach.

»Sie kann wirklich alles!«, sagte ich zu Mason. »Im Linksverkehr fahren, sich überall gleich zurechtfinden, wildfremde Leute anquatschen. Als ob sie hier in Australien aufgewachsen wäre.«

»Really?« Mason vergrub seine Hände in den Hosentaschen und stapfte voraus zum Café.

An der Theke, wo er sich bereits ein Tablett genommen hatte, holte ich ihn wieder ein. »Was ist los?«

»Nothing. I'm fine.«

Natürlich war da etwas, wenn er auf einmal Englisch redete und seine Augenbrauen so finster zusammenzog. Lauter als nötig knallte er den Kühlschrank wieder zu und stellte einen Eistee auf sein Tablett.

Ich nahm mir eine kalte Latte und versuchte es ein zweites Mal. »Bitte sag mir, was du hast.«

»Gleich.« Mason zahlte, kaufte sich noch einen Muffin und ging damit zu einem Stehtisch.

Ich stellte mich dazu, schraubte meine Latte auf und wartete.

Mason seufzte. »Deine Freundin ist echt anstrengend.«

»Wieso? Was meinst du damit genau?«

»Dauernd muss sie im Mittelpunkt stehen. Und eben im Auto hat sie die ganze Zeit nur von Sachen erzählt, bei denen ich nicht mitreden konnte.«

»Das hat sie bestimmt nicht absichtlich gemacht«, verteidigte ich Sunny. »Sie war einfach nur total begeistert, hat sich in Fahrt geredet.«

Mason biss grimmig in seinen Muffin. »Schon klar.«

»Du musst sie besser kennenlernen. Sie weiß genau, was sie will und was nicht. Das finde ich so toll an ihr.«

Mason sah mich zweifelnd an. »Trotzdem. Sie ist echt an …«

»Was soll ich nehmen?« Sunny schneite herein und lief fröhlich auf uns zu. »Ein Sandwich mit Thunfisch oder lieber mit Ei?«

Hallo ihr Lieben,
seit drei Tagen bin ich in Brisbane, der Hauptstadt von Queensland. Brissie, wie die Einwohner sie liebevoll nennen, gefällt mir noch besser als Sydney. Der Fluss, der auch Brisbane heißt, sieht aus wie eine große Schlange und die Hochhäuser spiegeln sich im Wasser. Ich wohne auch in einem Hochhaus, im 20. Stock! Abends schaue ich vom Balkon auf ein Lichtermeer und das beleuchtete Riesenrad. Meine beste Freundin hat ein Zimmer in einer Privatwohnung für uns gebucht und einen Sonderpreis ausgehandelt. Vier Wochen

können wir dort bleiben, wahrscheinlich bis Silvester. Wir haben sogar ein eigenes Bad! Unsere Gastgeber sind super nett. Ein junges Pärchen, Olivia und Peter. Sie haben uns gleich Tipps gegeben, was wir hier alles unternehmen können. Am liebsten würde ich immer privat wohnen, aber auf Dauer ist das leider zu teuer. Die Hostels sind hier aber auch gut. Mein Freund wohnt gar nicht weit weg von uns.

Am ersten Abend sind wir zu dritt in unserem Viertel losgezogen. Gleich in der Nähe sind die South Bank Parklands. Da kann man unter Laubengängen am Fluss entlangspazieren und überall blühen Blumen. Es gibt eine Pagode aus Nepal, einen kleinen Regenwald und einen Sandstrand mit einem riesigen Pool. Und das alles mitten in der Großstadt! An einer Stelle reihen sich lauter Cafés und Restaurants aneinander. Als wir daran vorbeigegangen sind, hörten wir plötzlich bayerische Blasmusik aus einem Lokal. Da steht doch tatsächlich mitten in Australien ein Münchener Hofbräuhaus!

Die Australier feiern dort tatsächlich ein Oktoberfest. Echt lustig. Hat gutgetan, so weit weg von zu Hause mal was Vertrautes zu sehen.

Brisbane war übrigens im 19. Jahrhundert eine britische Strafkolonie. Zum Glück sind diese Zeiten vorbei. Heute leben in Brissie rund zwei Millionen Einwohner. Es gibt viele Universitäten und Museen. Meine Freundin ist nicht so der Museums-Typ, also bin ich mit meinem Freund in die Gallery of Modern Art gegangen. Da war gerade eine Ausstellung von zeitgenössischen asiatischen Künstlern. In einem der Räum hatte eine indische Künstlerin eine Klanginstallation mit lauter Mikrofonen aufgebaut. Aus den Lautsprechern kamen die Stimmen von hundert Dichtern, die wegen ihrer poetischen oder politischen Ausrichtung inhaftiert oder hingerichtet wurden. Das hat mich so berührt, dass ich Tränen in den Augen hatte.

Vorgestern waren wir zu dritt im Roma Street Parkland. Das ist ein großer Stadtgarten mit subtropischen Blumen, Farnen, Regenwaldbäumen und kleinen Wasserfällen. Auch von hier aus hat man einen tollen Blick auf die Skyline. Nur einmal bin ich richtig erschrocken: Da stand plötzlich mitten auf dem Weg ein großes Reptil: eine australische Wasseragame. Bei den Wasserfällen fühlen die sich natürlich total wohl. Zum Glück ernähren sich die Tiere nur von Insekten und Fröschen.

Gestern sind wir mit dem Auto zum Lone Pine Koala Wildreservat rausgefahren und dort durfte meine Freundin einen Koala im Arm halten. Das war schon immer ihr Traum! Er war noch ganz verschlafen und hat sich an ihre Schulter gekuschelt. Das Foto von den beiden ist super geworden. Mir haben die Wombats am besten gefallen. Einer hat gerade fleißig eine Wohnhöhle ausgegraben.

Jetzt muss ich Schluss machen für heute. Wir wollen gleich los zum Brisbane Powerhouse. Das war früher ein Kraftwerk, und heute finden dort viele Kulturveranstaltungen statt. Zurzeit gibt es ein Theater-Festival. Bin schon gespannt.

Bis bald, ihr Lieben!

* * *

»Du willst da echt hingehen?«, fragte Sunny spöttisch. »Zu diesem kitschigen Touristen-Event?« Sie lag in unserem Doppelbett und gab dem Ventilator einen sanften Fußkick, damit er in ihre Richtung blies. Auch wenn es nicht wirklich half bei 34 Grad feucht-heißer Luft, die von draußen hereinströmte.

»Das wird bestimmt toll«, versuchte ich sie zu überzeugen, während ich überlegte, was ich anziehen sollte. »Mason ist da und Eugenie und Lukas kommen auch. Sie sind seit einer Woche in Brisbane und haben schon gefragt, wann wir zusammen was unternehmen.«

Sunny verdrehte die Augen. »Die werden es schon noch abwarten können!«

»Ich freu mich aber auch, sie wiederzusehen.«

»Ich nicht.«

»Und warum nicht?« Ich schob im Schrank Kleiderbügel von rechts nach links, um ruhig zu bleiben.

Sunnys Handy leuchtete zweimal hintereinander kurz auf. Sie stopfte es unter die Bettdecke und stellte den Ventilator auf Höchststufe. Das leise Surren ging in ein wütendes Knattern über.

»Lass uns doch was zu zweit machen«, schlug Sunny vor. »Mason wird schon nicht vor Sehnsucht sterben. Komm, wir gehen shoppen!«

»Waren wir erst gestern«, wandte ich ein.

»Es gibt so viele tolle Läden! Ich hab noch nicht mal die Hälfte davon gesehen.«

Dazu sagte ich lieber nichts. Gefühlt hatte ich in den letzten zwei Wochen schon endlos viel Zeit in Klamottengeschäften und auf Flohmärkten verbracht. Sunny war ein Shopping-Wunder. Sie wusste immer, wo ein neuer Laden aufgemacht hatte oder wo es einen Sale gab. Und auf den Flohmärkten konnte sie so lange feilschen, bis ich Mitleid mit den armen Verkäufern bekam. Das Verrückte dabei war: Meistens kaufte sie am Ende gar nichts, weil sie sich nicht entscheiden konnte.

»Du siehst übrigens toll aus heute.« Sunny stand auf und trat neben mich vor den verspiegelten Kleiderschrank. »Braun bist du geworden. Und die hellen Strähnen in deinen Haaren stehen dir gut.«

»Danke.«

Immer wenn Sunny mir Komplimente machte, fühlte ich mich sofort viel schöner. Aber diesmal wollte ich nicht nachgeben, wollte nicht schon wieder auf ihre Wünsche eingehen. Ich freute mich so auf den heutigen Nachmittag und Abend. Ein australischer Musiker hatte Mason den Tipp gegeben, bei der Eröffnung der Weihnachtssaison am King George Square dabei zu sein. Die Leute hier feierten am 30. November, hörten Live-Musik und warteten gemeinsam auf den Sonnenuntergang. Erst wenn es ganz dunkel geworden war, gingen am großen Weihnachtsbaum die Lichter an.

»Und wenn du den anderen sagst, dass du später nachkommst?« Sunny zog ihr buntes Hippiekleid aus dem Schrank, das mir total gut gefiel. »Ich leih dir mein Kleid und lade dich in unsere Lieblings-Chocolaterie ein.«

»Heute nicht, Sunny. Ein andermal.«

Die Bedienung stellte den Teller vor mir ab, und sofort stieg mir verführerischer Schokoladenduft in die Nase. Der Nusskuchen hatte einen Guss aus Karamell und einen flüssigen Schokoladenkern. Rechts davon lagen eine Kugel Vanilleeis mit einem Berg aus Sahne und zwei Kuchengabeln.

Sunny gab mir eine Gabel und sagte: »Danke, dass du es dir doch noch anders überlegt hast. Ich bin so froh, dass es dich gibt!«

»Ich auch.«

Sunny hatte es wieder mal geschafft, dass ich ihr nicht böse sein konnte. Es war ja wirklich immer total schön, etwas mit ihr zusammen zu unternehmen. Viel schöner und aufregender als früher mit Sofie. Und ich würde schon noch rechtzeitig am King George Square sein.

Der Nusskuchen war noch ofenwarm und zerging auf der Zunge. Schon wieder blinkte Sunnys Handy hektisch auf. Sie ignorierte es und drückte stattdessen meine Hand so fest, dass es wehtat.

Überrascht sah ich Sunny an. »Geht's dir nicht gut?«

Sie zuckte mit den Schultern. »Könnte besser sein. Moritz und ich haben uns gestritten. Er will mit mir reden, aber ich nicht mit ihm.«

»Tut mir leid!«

Jetzt wurde mir natürlich klar, warum Sunny keine Lust auf Menschenansammlungen hatte. »Wenn ich dir irgendwie helfen kann ... Warum habt ihr euch denn gestritten?«

Sunny winkte ab. »Nichts Wichtiges. Ich will dich nicht langweilen.« Sie schob den Teller zu mir hin.

»Es interessiert mich aber. Bitte erzähl es mir.«

Sunny wollte immer noch nicht reden, aber als ich beharrlich schwieg und wartete, sagte sie schließlich: »Er kommt mit dem Abstand nicht klar, weiß nicht mehr, ob wir wirklich so gut zusammenpassen.«

»Ist bestimmt nicht leicht für ihn, für euch beide«, versuchte ich sie zu trösten. »Am besten, ihr redet ehrlich über eure Gefühle.«

Sunny seufzte. »Ja, wahrscheinlich.«

Es tat mir weh, sie so traurig zu sehen, während ich selber so glücklich war. Mit Mason lief es super. Wir waren schon zweimal abends tanzen gewesen und im Kino, wo ich vom Film kaum etwas mitbekommen hatte. Kein Wunder, denn wir hatten ja auch die ganze Zeit geknutscht.

»Ich bin so doof!«, sagte Sunny plötzlich. »Erst schleppe ich dich hierher, obwohl du ganz woanders sein willst, und dann jammere ich dir auch noch die Ohren voll.«

»Tust du gar nicht.«

»Doch.«

»Nein.«

»Doch!«

Ein kleines Mädchen am Nebentisch kicherte. »Nein, doch!«, plapperte sie nach, sprang auf und stellte sich vor Sunny hin. »Hi, my name is Lou and I am five.« Sie streckte Sunny stolz fünf Finger hin.

»Sooo groß bist du schon?«, antwortete Sunny auf Englisch.

»Unglaublich! Ich heiße Sunny. Und jetzt rate mal, wie alt ich bin.« Sie öffnete viermal hintereinander ihre rechte Hand.

Lou hielt den Kopf schräg. »Hm ... wait, please!« Schließlich rief sie triumphierend: »You are 40!«

Sunny musste lachen. »Ja, fast.«

Die Mutter von Lou kam mit einem Jungen an der Hand an unseren Tisch. »Sorry, girls!«, entschuldigte sie sich und ermahnte Lou, nicht einfach so zu fremden Leuten zu gehen.

»Kein Problem«, versicherte Sunny. »Ich mag Kinder.«

»Das merkt man sofort.« Die Frau lächelte. Sie hieß Mandy und ihr sechsjähriger Sohn Richard. Mandy hatte sich schon gedacht, dass wir Backpacker waren. Als sie hörte, dass wir aus Deutschland kamen, war sie total begeistert. »Ein Cousin von mir arbeitet seit zwei Jahren in Deutschland. Er schickt mir ein tolles Foto nach dem anderen: aus Berlin, Heidelberg, München. Ich würde so gerne mal München sehen!«

»Wir kommen aus München«, erzählte ich, und schon waren wir mitten in einem netten Gespräch. Mandy zog einen Stuhl heran und setzte sich zu uns, ganz spontan und unkompliziert. Typisch Australien!

Damit sich die Kinder nicht langweilten, faltete ich aus unseren Servietten zwei Schmetterlinge und schenkte sie Richard und Lou.

»Cool! Thank you«, sagte Richard und rutschte ganz selbstverständlich neben mich auf die Bank.

Lou klettert auf Sunnys Schoß.

»Na, das ist ja Liebe auf den ersten Blick!«, freute sich Mandy. »Ihr sucht nicht zufällig einen Job?«

»Wieso?«, wollte Sunny wissen.

Ich war kurz abgelenkt, weil Mason mir zwei Fotos schickte. Auf dem einen stand er mit Lukas und Eugenie vor dem hell erleuchteten Christbaum. Auf dem anderen Foto war der große Stern an der Spitze des Baums zu sehen.

Darunter hatte Mason geschrieben:

Megastimmung hier. Nur du fehlst!

Mist! Ich hatte den Augenblick verpasst. Dass es hier schon so früh dunkel wurde, hatte ich ganz vergessen. Für mich war fast noch später Nachmittag. Jetzt musste ich wirklich los. Ungeduldig wartete ich Mandys Antwort ab.

»Die Kids haben gerade Ferien und wir sind hier in Brisbane bei ihren Großeltern. Anfang Januar fliegen wir wieder heim nach Darwin. Das ist oben im Northern Territory. Da könnten wir zwei so nette Babysitter wie euch super gut gebrauchen.«

Richard umarmte mich. »Au ja! Wann kommt ihr uns besuchen? Es ist auch gar nicht schwierig, auf uns aufzupassen.«

»Wir sind gaaaanz lieb!«, versicherte Lou.

Sunny und ich sahen uns an und hatten Mühe, ernst zu bleiben.

»Ehrlich gesagt wollten wir erst zum Great Barrier Reef. Und wohin wir dann als Nächstes fahren, wissen wir noch nicht genau«, sagte ich, um den Kindern keine falschen Hoffnungen zu machen.

»No worries«, meinte Mandy. »War nur so eine Idee. Ihr könnt auch einfach so vorbeischauen und es euch ein paar Tage bei uns gut gehen lassen. Ihr seid jederzeit herzlich eingeladen!«

»Mummy macht den besten Apple crumble der Welt«, verriet Richard.

Lou klatschte in die Hände und Sunny warf mir einen verschwörerischen Blick zu. »Tja, wenn das so ist, haben wir eigentlich gar keine andere Wahl, oder, Alina?«

BITTERSÜSSES WEIHNACHTEN

Mason und ich lagen Hand in Hand auf einer Decke im Gras auf unserer Lieblingswiese in den South Bank Parklands. Ein Farnstrauch kitzelte mit seinen fächerförmigen Blättern unsere Füße, und die hohen Bäume des kleinen Regenwalds spendeten uns Schatten. Mir war trotzdem sehr warm. Masons Körper neben mir zu spüren, den wundervollen Duft seiner Haut zu atmen, beschleunigte meinen Puls, meinen Herzschlag, einfach alles.

»Ich bin so glücklich mit dir«, flüsterte Mason.

»Und ich mit dir.«

»Weißt du eigentlich, was heute für ein Tag ist?«

»Ja, Freitag.«

Mason streichelte meinen Arm. »Am Freitag vor drei Wochen haben wir das erste Mal zusammen getanzt.«

»Das werde ich nie vergessen. Du hast deine Arme um mich gelegt, und ich hab mich sofort in dich verliebt.«

»Und ich mich in dich.«

Wir küssten uns und kuschelten uns aneinander.

»Der Song war so schön, den die Band gespielt hat«, fiel mir ein. »Der über die kleinen und großen Träume im Leben.«

»Dreh dich mal auf den Bauch!«, sagte Mason plötzlich.

»Wieso?«

»Frag nicht, tu's einfach.«

Kaum hatte ich mich auf den Bauch gerollt, spürte ich Masons Finger auf meinem Rücken. Sie klopften, mal langsam, mal schneller. Ich versuchte mich zu konzentrieren. Dann erkannte ich den Rhythmus wieder. »Ja, genauso ging der Song. Dass du dir den so gut merken konntest!«

Mason lachte. »Na hör mal, ich bin schließlich Musiker!« Jetzt bedeckte er meinen Rücken mit lauter kleinen Küssen. Das kribbelte unglaublich.

Ich drehte mich zurück. »Bitte halte mal kurz die Zeit an! Ich will ewig so mit dir hier liegen.«

»Alles klar«, flüsterte Mason zärtlich.

Wir sagten nichts mehr und waren uns so nah wie noch nie zuvor.

Dann klingelte Masons Handy.

»Geh nicht ran!«, bat ich.

»Doch, das ist wichtig. – Hi James!« Mason hörte gespannt zu. »Oh, that's great. Perfect ... Yes. See you soon, guys.«

»Was ist so great?«, murmelte ich, während ich meinen Kopf auf Masons Bauch legte.

»Die Jungs haben einen Probenraum gefunden, in einem Keller bei Freunden. Da können wir jederzeit spielen mit unserer neuen Band.«

»Oh, super«, sagte ich.

Es war in Brisbane bestimmt nicht leicht, so was zu bekommen. Auch bei den anderen Musikern hatte Mason richtig Glück gehabt. James hatte er schon in Byron Bay im Hostel kennengelernt. Er kam aus Melbourne und hatte dort mit seinem Keyboard und einem anderen Gitarristen bereits einige Gigs gehabt. Lenny war aus Österreich und spielte Schlagzeug. Er hatte erst vor Kurzem den Franzosen Henri mit in die Band gebracht, einen Bassgitarristen.

Mason nahm meinen Kopf und legte ihn behutsam auf der Decke ab. Dann schlüpfte er in seine Flipflops.

»Hey, was machst du da?«, fragte ich ihn.

»Ich muss los, zur Probe«, sagte Mason.

»Jetzt gleich?« Enttäuscht richtete ich mich auf.

Mason lächelte. »Komm doch einfach mit. Dann stelle ich dir meine Freunde vor. Oder hat Sunny dich schon für den Nachmittag und Abend verplant?«

»Hat sie nicht!«, protestierte ich. »Sie weiß, dass ich heute mit dir was unternehme. Auch wenn du es nicht glaubst: Sie freut sich, dass wir zusammen sind.«

Mason brummte: »Na, dann bin ich ja beruhigt.«

Ich beschloss, das Thema lieber nicht zu vertiefen. Mason reagierte mittlerweile ziemlich allergisch auf Sunny. Schnell packte ich meine Sachen und verstaute sie im Rucksack. »Ich komme gerne mit.«

Mason gab mir einen Kuss auf die Nasenspitze. »Es wird dir gefallen!«

Wir fuhren mit der U-Bahn nach Fortitude Valley, einem lebhaften Viertel mit vielen Cafés, Pubs und Clubs. Mason zeigte mir auf dem Weg zum Probenraum einen Indie-Plattenladen und ein paar kleine Kunstgalerien. Dann bog er in eine Seitenstraße ein, die hauptsächlich aus Garagen, Hinterhöfen und verwinkelten Backsteinhäusern bestand. Als wir die ausgetretenen Stufen zum Keller eines ehemaligen Boxclubs hinunterstiegen und es immer muffiger roch, sagte Mason gut gelaunt: »Hier müsste es sein.« Er stieß mit dem Oberkörper die schwere Eisentür auf und wurde sofort mit großem Hallo begrüßt.

»Da bist du ja endlich!«

»Wir haben schon auf dich gewartet.«

»Können gleich loslegen.«

Meine Augen mussten sich erst an das Dämmerlicht gewöhnen. An der Rückwand des quadratischen Kellerraums stapelten sich alte Turnmatten, und von der Decke baumelte ein ausgebeulter Boxsack. Im Kabelsalat der Verstärker vor dem riesigen Schlagzeug standen Masons Freunde.

»Wen hast du denn da mitgebracht?«, fragte ein Typ mit dunklem Vollbart, der mich ziemlich neugierig musterte. Er hatte einen französischen Akzent, also konnte es nur Henri sein.

»That's Alina, my girlfriend«, stellte Mason mich vor. »Ihr habt doch nichts dagegen, wenn sie heute zuhört?«

»Kein Problem. Hi, ich bin Henri.«

James nickte mir vom Keyboard aus flüchtig zu, während der Schlagzeuger an seinen Drums herumschraubte und vor sich hin fluchte.

»Lasst euch von mir nicht stören.« Ich machte es mir auf den harten Turnmatten so bequem wie möglich.

Mason packte inzwischen seine E-Gitarre aus und schloss sie an einen Verstärker an. Konzentriert beugte er sich über sein Instrument, spielte ein paar komplizierte Tonfolgen und tauchte sofort ab in seine Musikwelt.

»Ich hab heute Nacht was Neues geschrieben«, erzählte James. »Ist nichts Besonderes, aber wir können es ja mal ausprobieren.«

Henri grinste. »Weißt du, was dein Fehler ist, James? Du bist viel zu bescheiden!«

»Finde ich auch«, stimmte Mason sofort zu.

Die Jungs fachsimpelten, Insiderwitze unter Musikern, die ich nicht verstand. Dann fingen sie an zu proben. Das erste Stück von James fand ich richtig gut. Ein Song über eine lange Partynacht. James hatte eine rauchige Stimme, die super zu den Lyrics passte. Aber er war ein Perfektionist, der alles x-mal wiederholte und nie ganz zufrieden schien. Lenny bearbeitete in den Pausen sein Schlagzeug, als ob er es verprügeln wollte. Ich bereute, dass ich keine Ohrstöpsel mitgenommen hatte, und schon bald kam ich mir ziemlich überflüssig vor.

»Wie lange probt ihr denn noch?«, fragte ich nach anderthalb Stunden, in denen Mason kein einziges Mal zu mir hergeschaut hatte.

Überrascht hob er den Kopf. »Was hast du gesagt?«

Hatte er mir etwa gar nicht zugehört?

* * *

Ich lief mit Sunny durch die weihnachtlich geschmückten Straßen Brisbanes. Zwischen Palmen und Sonnenschirmen glitzerten Lichterketten. Zwei kleine Mädchen in Sommerkleidern drückten ihre Nasen an den Schaufenstern eines Spielwarenladens platt, und überall redeten Familien darüber, was sie an Heiligabend kochen wollten.

Nur noch fünf Tage bis Weihnachten, aber ich war noch kein bisschen in Weihnachtsstimmung. Dabei hatte ich heute zwei Päckchen bekommen, eins von Sofie und eins von meinen Eltern, mit denen ich gerade lange telefoniert hatte.

»Wie geht es dir?«

»Super.«

»Genießt du deine Zeit in Australien?«

»Jede Sekunde.«

»Freust du dich auf die Feiertage?«

»Klar.«

Drei fette Lügen auf einmal, damit sie sich keine Sorgen machten, und um mir selbst einzureden: So schlimm ist es doch gar nicht!

Vor einem Juweliergeschäft stand ein verliebtes Pärchen. Er fragte sie, welcher Ring ihr am besten gefiel. Sie warf den Kopf zurück und lachte. Plötzlich schossen mir Tränen in die Augen.

»Was ist denn mit dir los?«, fragte Sunny, während sie mich weiterzog.

»Nichts«, schniefte ich und blinzelte die Tränen weg.

Sunny sah mich prüfend an. »Es ist wegen Mason, oder? Komm, hier auf der Straße ist es viel zu heiß. Wir gehen jetzt in ein kühles Kaufhaus, und dann erzählst du mir alles.«

Es tat so gut, ihren Arm zu spüren und ihre mitfühlende Stimme zu hören. Woher wusste Sunny eigentlich immer sofort, wie es mir ging? Sie schien irgendeinen verborgenen Sensor dafür zu haben.

Wir waren in ein nobles Einkaufszentrum geraten, in dem sich eine Designerboutique an die andere reihte. Reiche Australierinnen flanierten an den Schaufenstern entlang, in denen sündhaft teure Handtaschen ausgestellt waren. Seltsamerweise beruhigte mich das.

»Ich freue mich ja eigentlich für Mason«, fing ich zögernd an. »Endlich hat er die richtige Band gefunden. Er ist total begeistert von den Proben. Jetzt haben sie sogar zwei Demo-Videos aufgenommen. Damit wollen sie sich für Gigs bewerben.«

»Aber?«, fragte Sunny.

Ich blieb vor einem Schuhgeschäft mit High Heels stehen und holte tief Luft. »Die Proben dauern immer länger. Wir sehen uns kaum noch, weil er immer auf dem Sprung ist. Er fehlt mir!«

»Hast du ihm das gesagt?«

»Ja, schon.«

»Und?«

»Er hat mich geküsst und dann war er gleich wieder weg.«

Sunny seufzte. »So einfach ist das für die Männer! Problem gelöst und weitermachen wie vorher. Tut mir leid, Alina.«

Wir kamen zu einer Glaskuppel in der Mitte des Einkaufszentrums. Neben ein paar Palmen, Orchideen und einem Springbrunnen war ein Flügel aufgebaut. Ein junger Pianist im schwarzen Anzug spielte dezente Jazzmusik. Er hielt den Rücken kerzengerade und lächelte.

Plötzlich fiel mir wieder ein, was Mason bei unserem ersten Spaziergang zu mir gesagt hatte. Dass er jahrelang wie ein Verrückter Gitarre geübt hatte. Und dass er nicht dauernd in irgendwelchen Probenkellern abhängen sollte ...

Ich schluckte. »Vielleicht ist es ja nur eine Phase.«

Sunny zog die Augenbrauen hoch. »Glaubst du wirklich?«

»Ich weiß nicht.«

Das nächste Stück ging zu Ende. Sunny und ich klatschten als Einzige, wofür sich der Pianist mit einer knappen Verbeugung bedankte. Dann spielte er ausgerechnet das traurige *My Way* von Frank Sinatra. Ich musste zu den Parfümerien flüchten.

Sunny hakte sich wieder bei mir unter. »Es ist nicht leicht, mit einem Musiker zusammen zu sein. Ich hatte auch mal einen Freund, der war Schlagzeuger. Total süß, romantisch, witzig und alles, aber ich konnte mich nie auf ihn verlassen.«

»Mason ist anders.«

»Kann sein«, sagte Sunny. »Ich will nur nicht, dass er dich noch mehr enttäuscht. Im Moment hat er nur seine Musik im Kopf. Aber vielleicht kommen schon bald die ersten Auftritte, der Erfolg und die Fans. Weibliche Fans, du weißt schon, hübsche Groupies, die alles dafür tun würden, um mit einem Musiker ins ...«

»Hör auf!« Ich wollte das nicht hören.

Sunny lächelte. »Du hast recht. Entschuldige bitte, Mason ist wirklich was Besonderes. Und er liebt dich, das spürt man. Weißt du eigentlich schon, was du ihm zu Weihnachten schenken willst?«

Ich schüttelte den Kopf.

»Hm«, überlegte Sunny. »Wie wär's mit einem Australien-T-Shirt?«

»Klingt super.«

»Moritz bekommt von mir ein Shirt mit meinem Koala-Foto vorne drauf.«

»Das wird ihm bestimmt gefallen«, sagte ich und merkte, dass mir schon viel leichter ums Herz war.

Wie gut, dass Sunny und ich uns mit dem Liebeskummer abwechselten. Sie hatte sich mit Moritz versöhnt, und jetzt konnte sie mich trösten.

»Dann nichts wie weg hier aus dem Luxus-Tempel!« Ich machte einen großen Bogen um den Pianisten und steuerte auf den Ausgang zu. Denn so viel war schon mal klar: Unsere T-Shirts würden wir woanders kaufen.

* * *

»Wann darf ich endlich das Tuch runternehmen?«, fragte ich ungeduldig.

»Noch nicht«, sagte Mason. Er nahm meine Hand und half mir aus dem Auto. Vergeblich versuchte ich herauszufinden, wo wir waren. Laute Stimmen und viele Menschen um mich herum, wie fast überall in Brisbane.

Vor einer halben Stunde hatte Mason mich von unserem Hochhaus abgeholt und mich in ein Taxi verfrachtet. Aus irgendeinem Grund, den er nicht verraten wollte, hatte er nicht unser eigenes Auto genommen. Jedenfalls hatte sich das Taxi ziemlich lange durch den dichten Verkehr gequält. Am Morgen des 24. Dezembers war in Brisbane besonders viel los.

»Vorsicht, jetzt geht es leicht bergauf«, warnte Mason mich.

Der Untergrund wurde weicher, das war kein Asphalt mehr. Genau in dem Moment, als ich es kaum noch aushielt, nahm Mason mir endlich das Tuch ab. Ich kniff die Augen zusammen, geblendet von der plötzlichen Helligkeit.

Wir waren am Fluss, auf dem Anleger für die Fähre. Dort ankerte kein gewöhnliches Fährschiff, sondern ein großer Schaufelraddampfer. Mit seinen weißen Holzsprossen und den drei großen Aussichtsdecks sah er aus, als ob er direkt aus der Kolonialzeit hierher geschippert wäre.

»Sag bloß, du hast Tickets für den Dampfer?«, fragte ich verblüfft.

Mason nickte. »Mein Weihnachtsgeschenk für dich! Wir fahren drei Stunden auf dem Fluss und an Bord gibt es einen Weihnachts-Brunch.«

»Danke!« Ich fiel Mason um den Hals. Nach den letzten Wochen hatte ich fast schon befürchtet, dass er Weihnachten komplett vergessen und auch an Heiligabend mit seiner Band proben würde.

Eng umschlungen gingen wir an Bord. Die Crew stand aufgereiht an der Gangway. Irgendjemand drückte mir ein Glas Sekt in die Hand, und schon wurden wir von den Passagieren hinter uns weitergeschoben. Der Dampfer war bis auf den letzten Platz ausgebucht. Ich wollte ganz nach oben und sicherte uns einen Platz vorne an der Reling. Jetzt ging es los!

Wir fuhren am Botanischen Garten vorbei und an den Mangrovenwäldern entlang des Flussufers. Dann kam die Story Bridge mit ihrer luftigen Stahlkonstruktion, die über der Brisbane zu schweben schien. All das war mir schon so vertraut.

Mason prostete mir zu. »Auf uns, Alina! Tut mir leid, dass ich in letzter Zeit so oft weg war wegen der Proben.«

»Schon fast vergessen«, sagte ich lächelnd und nahm einen Schluck Sekt. Plötzlich war sie da, die Weihnachtsstimmung, und das bei strahlendem Sonnenschein und 30 Grad im Schatten!

Der Kapitän verkündete, das Buffet sei jetzt eröffnet. Sofort gab es großes Gedränge an der Treppe.

»Bleib ruhig hier«, sagte Mason. »Ich bring dir was Leckeres mit.«

»Lieb von dir.«

Ich lehnte mich gegen die Reling und genoss den Blick auf die Skyline. Mason war wirklich lieb. Und romantisch! Als er mit zwei Tellern zurückkam, hatte er auch noch eine blassgelbe Rose dabei.

»Hab ich vom Buffet geklaut«, flüsterte er mir ins Ohr, während er mir die Rose ins Haar steckte.

Wir küssten uns über die Teller hinweg und dann probierten wir die leckeren Salate und gegrillten Mini-Burger. Danach gab ich Mason sein Weihnachtsgeschenk. Ich hatte mich doch noch anders entschieden und ihm ein Buch über australische Didgeridoo-Musik gekauft.

Mason freute sich total. »Das klingt super spannend. Danke!« Er blätterte das Buch kurz durch und verstaute es in seiner Tasche. Dann räusperte er sich. »Ich wollte dir übrigens noch was sagen, Alina.«

»Ja?« Mein Herz klopfte schneller. Hatte es was mit Silvester zu tun? Vielleicht hatte Mason ja eine Idee, wo wir feiern konnten. Romantisch zu zweit oder auf einer großen Party mit Sunny, Lukas und Eugenie ...

»Gestern haben wir in einem Pub vorgespielt«, fing Mason an zu erzählen. »Der Besitzer wollte uns mal live hören, weil ihm unsere Videos ziemlich gut gefallen haben.«

»Das ist ja toll! Und? Was hat er gesagt?«

Mason wurde auf einmal verlegen. »Na ja, hm ... Er war begeistert. Und er hat uns gleich für den kompletten Januar fest gebucht.«

Januar. Fest gebucht. Die Worte brauchten ein paar Sekunden, bis sie in meinem Gehirn ankamen.

»Aber wir wollten doch nach Neujahr mit dem Auto nach Noosa fahren ...«

Mason seufzte. »Ja, ich weiß. Ich würde auch wahnsinnig gerne mit dir weiterreisen ... also mit dir und Sunny. Ich komme schon klar mit deiner Freundin, auch wenn sie manchmal echt anstrengend ist.«

»Aber?«

Mason sah mich wehmütig an. »Das ist so eine Riesenchance für unsere Band. Die darf ich mir nicht entgehen lassen.«

Vom Deck unter uns drang Partymusik nach oben. Die Leute klatschten, lachten und trampelten mit den Füßen, doch all das schien weit, weit weg von mir zu sein.

»Du bleibst also erst mal in Brisbane«, hörte ich mich sagen, versuchte zu lächeln und schaffte es nicht.

Mason nickte. Der Wind wehte ihm eine dunkle Haarsträhne in die Stirn, als er vorschlug: »Fahrt ihr am besten schon mal vor. Ich komme ganz bald nach, versprochen!«

EINES TAGES ...

Die ganze Zeit hatte ich durchgehalten. Von Weihnachten bis zur Silvesterparty im Fortitude Valley, wo Mason mit seiner Band als Vorgruppe aufgetreten war. Ich hatte ihm zugejubelt, hinterher gratuliert und mit ihm auf seinen ersten großen Erfolg angestoßen. Beim Feuerwerk war ich besonders fröhlich und aufgekratzt gewesen und danach hatten Mason, Sunny, Lukas, Eugenie und ich bis zum Sonnenaufgang in einem Club getanzt.

Zehn Stunden später, nach dem Abschied, nach dem letzten Kuss, musste ich mich endlich nicht mehr zusammenreißen. Ich startete unseren Wagen, stieg aufs Gaspedal und hielt mich am Lenkrad fest.

»Soll nicht lieber ich fahren?«, fragte Sunny.

»Nein, geht schon.« Jetzt untätig auf dem Beifahrerplatz zu sitzen wäre noch schlimmer gewesen.

Zum ersten Mal war ich froh über den Linksverkehr in Australien. Er zwang mich dazu, in der Gegenwart zu bleiben und mich ständig zu konzentrieren.

Sunny wischte sich durch die Navigation auf ihrem Handy. »Ich glaube, du musst erst mal Richtung Flughafen, aber ganz sicher bin ich mir nicht.« Sie lachte kurz. »Du weißt ja, wie toll mein Orientierungssinn ist.«

»Doch, das stimmt«, beruhigte ich sie. Ich hatte mir die Route gestern Abend angeschaut und ziemlich gut eingeprägt.

Ein paar Meilen später sahen wir einen Airbus kurz nach dem Start.

»Vielleicht hätte ich mitfliegen sollen, zurück nach Europa«, murmelte ich.

»Nein, auf gar keinen Fall«, kam Sunnys klare Stimme vom Beifahrersitz. »Natürlich vermisst du Mason, aber ihr werdet euch wiedersehen, hier in Australien. Vergiss das nicht.«

Ich nickte tapfer, während mir schon wieder Tränen über die Wangen liefen. Ende Januar endete Masons Vertrag, erst danach konnte er losfahren aus Brisbane. Vier lange Wochen plus Reisezeit und die konnte verdammt lange sein, je nachdem, wo Sunny und ich inzwischen waren.

Ich umklammerte das Lenkrad so fest, dass meine Knöchel weiß hervortraten. Ich würde es durchstehen, und ich würde endlich wieder surfen! Das hatte mir in Brisbane gefehlt.

Obwohl wir zügig vorankamen, waren wir immer noch in den Vororten der Metropole unterwegs. Knapp zwei Stunden Autofahrt lagen vor uns bis Noosa an der nördlichen Sunshine Coast. Das konnte man locker ohne Pause schaffen.

»Soll ich Musik anmachen?«, fragte Sunny. »Klassik vielleicht?«

»Ja, Klassik ist gut. Danke.«

Sunny wusste mal wieder genau, was ich jetzt brauchte. Jede andere Art von Musik hätte mich sofort an Mason erinnert. Und ich wollte nicht ständig an ihn denken, soweit das überhaupt möglich war.

»Du bist immer noch frisch verliebt«, sagte Sunny mit einem tiefen Seufzer. »Ich beneide dich!« Dann schwieg sie eine Weile. »Wenn man frisch verliebt ist, fällt es einem besonders schwer, getrennt zu sein. Ich weiß noch gut, wie es bei mir und Moritz am

Anfang war. Da haben wir dauernd telefoniert und uns …« Sunny brach unvermittelt ab.

Ich konnte meinen Blick nicht von der Straße wenden, aber ich spürte sofort, dass irgendwas nicht stimmte.

»Wie geht es euch?«, hakte ich nach. »Habt ihr euch wieder gestritten?«

Sunny machte das Handschuhfach auf, suchte nach etwas und klappte das Fach mit einem lauten Knall wieder zu. »Moritz hat mit mir Schluss gemacht.«

»Was?« Vor Schreck fuhr ich viel zu nah an die Mittellinie. Schnell steuerte ich gegen.

»Alles gut«, sagte Sunny tonlos. »Du brauchst dir keine Sorgen zu machen.«

Das beunruhigte mich erst recht. »Wann war das denn? Ich hab gar nichts mitbekommen.«

Sunny lachte trocken. »Ging ja auch blitzschnell, per Skype. Du warst gerade im Bad, beim Packen.«

»Mensch, Sunny, das tut mir so leid! Und dann tröstest du mich auch noch, obwohl es dir selber so schlecht geht!«

»Mir geht's super«, behauptete Sunny. Ihre Stimme klang hart.

Jetzt musste ich doch eine Pause machen. Bei der nächsten Haltebucht setzte ich den Blinker und fuhr links ran.

»Aber wieso hat Moritz plötzlich Schluss gemacht? Gestern hat er dir noch eine Nachricht mit drei roten Herzchen geschickt. Das kann er doch nicht bringen!«

»Hat er aber.« Sunny blieb ganz ruhig im Wagen sitzen. »Er hat mir gestanden, dass er schon länger nichts mehr für mich empfindet. Der Abstand hat ihm das erst richtig klargemacht. Gestern wollte er nur nett zu mir sein.«

»Nett?! Ich glaub's nicht!« Wütend trommelte ich aufs Lenkrad. Hatte der Typ ein Glück, dass 14000 Kilometer zwischen uns lagen!

»Moritz hat dich gar nicht verdient.« Behutsam strich ich Sunny über den Arm.

Sie wehrte meine Hand ab. »Oder ich hab ihn nicht verdient. Ist auch schon egal. Kommt aufs Gleiche raus.«

Sie hatte sich hinter einem Schutzwall verbarrikadiert. Oder sie stand noch unter Schock. Das musste es sein.

»Du bist nicht allein«, sagte ich leise zu ihr. »Egal was mit unseren Freunden ist, egal wie groß unser Liebeskummer ist, wir haben immer noch uns. Unsere Freundschaft ist stärker als alles andere!«

Plötzlich zuckten Sunnys Schultern. Dann fing ihr Oberkörper an zu zittern, bis sie irgendwann losheulte. Ich umarmte Sunny und sie schlang ihre Arme fest um mich.

»Ist ja gut«, flüsterte ich. »Ist ja gut.«

Und Sunny weinte hemmungslos. Sie, die sonst so stark und cool war.

Mir wurde bewusst, wie gut ich es im Vergleich zu ihr hatte. Mason liebte mich und ich liebte ihn. Wir waren nur auf Zeit getrennt. Sunny dagegen hatte Moritz für immer verloren. Sie tat mir unglaublich leid.

Die Sonne stand schon tief und die Autos, die an uns vorbeirauschten, wurden langsam weniger, Sunny blinzelte mich mit geröteten Augen an und schüttelte ungläubig den Kopf. »Du bist das Beste, was mir je in meinem Leben passiert ist!«

* * *

Um zwölf Uhr war Sunny immer noch nicht wach. Ich ging zu unserem Stockbett, beugte mich vor und schüttelte meine Haare, die vom Surfen tropfnass waren.

»Iiieh!«, kreischte Sunny, fuhr vom oberen Bett hoch und blitzte mich wütend an. »Was soll das? Ich will schlafen!«

»Aber nicht jetzt«, sagte ich. »Wir sind hier im Paradies, und du bekommst überhaupt nichts davon mit.«

»Na und?« Sunny verschränkte die Armen im Nacken. »Ich brauche ja bloß rauszuschauen, dann sehe ich alles.«

»Bei zugezogenen Vorhängen, klar.« Ich ging zum Fenster. Ein energischer Ruck, und schon flutete helles Mittagslicht herein. Ich machte den Fensterflügel weit auf. Unter mir lagen die Strandhäuser von Noosa Heads zwischen sattgrünen, tropischen Bäumen, links am Horizont war der Noosa River und rechts das tiefblaue Meer. Besser ging's nicht, was die Lage unserer Lodge betraf.

Als ich mich umdrehte, starrte Sunny mit weit offenen Augen zur Decke. Es tat mir wirklich leid, dass sie so heftigen Liebeskummer hatte, aber dass sie die letzten fünf Tage im Bett verbracht hatte, machte es nur noch schlimmer.

»Komm doch mit surfen«, schlug ich vor.

»Keine Lust.«

»Du kannst auch einfach zusehen. Es sind so viele tolle Surfer hier, aus aller Welt! Ich hab Vivien und Diego aus Brasilien kennengelernt und Nadine mit ihrer Clique aus Frankreich. Die sind alle total nett.«

Sunny stützte sich mit dem Ellbogen auf der Matratze ab. »Du meinst, ich soll lieber nicht ins Wasser gehen, weil ich mich sonst bei den Surf-Cracks nur blamieren würde.«

»Quatsch!«, sagte ich. »In Noosa surft wirklich jeder. Und das große Surfer-Festival ist erst Mitte März. Du kannst also ganz beruhigt sein.«

»Gut zu wissen«, kam es spöttisch von Sunny. »Und schön für dich, dass du Mason anscheinend überhaupt nicht vermisst.«

»Das stimmt nicht, und das weißt du genau!«

Sunny lächelte mich traurig an. »Entschuldige. War nicht so gemeint.«

Erschöpft ließ ich mich auf einen Stuhl fallen. Ich war Sunny nicht böse, aber langsam machte ich mir ernsthaft Sorgen um sie. Zu einer einzigen Unternehmung hatte ich sie bisher überreden können: einem Spaziergang am Strand. Von unserer Lodge aus führte eine Treppe direkt runter zum Main Beach.

»Dann lass uns wenigstens shoppen gehen«, startete ich einen letzten Versuch. Die berühmte Hastings Street lag nur einen Katzensprung entfernt. Hier reihte sich ein schönes Café an das nächste, und es gab jede Menge Boutiquen und Souvenirläden.

Sunny stöhnte. »Du nervst!« Ein zweites, noch lauteres Stöhnen, dann warf Sunny mir ein Kissen an den Kopf. »Gib mir zehn Minuten.«

Mir fiel ein Stein vom Herzen. Ich setzte mich draußen in der Loggia auf eins der gemütlichen Sofas. Wie gut, dass der umlaufende Balkon überdacht war. Sonst hätte ich mir in der prallen Mittagssonne bestimmt wieder einen Sonnenbrand geholt.

Um mir die Wartezeit zu verkürzen, las ich alle Handy-Nachrichten, die Mason mir bisher geschickt hatte. Es waren 40 Nachrichten voller Liebe und noch mehr Herzen. Zum Glück tauchte Sunny irgendwann auf, sonst wäre mein Herz vor lauter Sehnsucht zersprungen.

Sie trug Shorts und ihre gestreifte Lieblings-Tunika. Mit einem Gesicht wie sieben Tage Regenwetter teilte sie mir mit: »Angeblich schlürfen die Australier in der Hastings Street ja von morgens bis abends Champagner.«

»Echt jetzt?«, sagte ich und lachte, doch Sunny blieb todernst.

Als wir kurz darauf in die Hastings Street einbogen, waren die eleganten Cafés voll von Touristen und Einheimischen, die sich unter den breiten Sonnenschirmen zum Lunch trafen.

Bei einem einfacheren Café warf ich einen Blick auf die Speisekarte und seufzte: »Viel zu teuer!«

Sunny zuckte mit den Schultern. »Egal. Ich hab eh keinen Hunger.« Dann marschierte sie los, als ob wir uns nicht zum Shoppen, sondern zum Laufen verabredet hätten.

Die meisten Boutiquen waren leider genauso teuer wie die Lokale. Sunny ging trotzdem überall rein. Schließlich fanden wir in einem kleinen Innenhof einen tollen Secondhand-Laden.

Sunny checkte in Windeseile das Angebot. »Schau mal«, sagte sie zu mir. »Das Strandkleid wurde zweimal runtergesetzt.« Sie trat vor den Spiegel und hielt sich das blaue Kleid prüfend vor den Körper.

Die Besitzerin des Ladens kam zu uns. »Das wird Ihnen hervorragend stehen.«

»Ich weiß«, sagte Sunny kurz angebunden. Trotzdem hängte sie das Kleid zurück auf die Stange und verließ grußlos den Laden.

Sunny hatte anscheinend beschlossen, sich durch nichts und niemanden aufheitern zu lassen.

Da gab ich es auf. Mein Magen knurrte, und ich war hundemüde. »Komm«, sagte ich zu Sunny. »Wir holen uns ein Stück Pizza.«

Schweigend setzten wir uns auf eine Mauer neben dem Imbiss. Plötzlich tippte mir jemand von hinten auf die Schulter. »Hi Alina! Comment ça va?«

»Très bien!«, antwortete ich, sprang auf und begrüßte Nadine. Ihre Freunde waren auch dabei. Wir umarmten uns alle und lachten. Ich stellte Sunny vor, und am Schluss fragte Nadines Freundin Louna: »Sehen wir uns morgen früh wieder beim Surfen?«

Ich nickte. »Ja, klar. Bis dann. Tschüss!«

Als die Clique weitergegangen war, zerknüllte Sunny ihre Papierserviette. »Très bien«, ahmte sie meine Stimme nach. »Ich wusste gar nicht, dass du Französisch kannst. Du hast übrigens anders gelacht als sonst.«

»Äh ... wie denn?«, fragte ich überrascht.

Sunny zog die Augenbrauen zusammen. »Irgendwie künstlich, ziemlich übertrieben. Auf jeden Fall lauter als sonst.«

»Findest du?«, sagte ich kühl.

Sunny warf die Serviette in hohem Bogen in den Papierkorb. Dann musterte sie mein Gesicht. »Deine Nase schält sich. Du solltest aufpassen, dass du nicht zu viel auf dem Wasser bist. Da ist die Reflexion der Sonne noch stärker.«

Es tat weh, wie lauter kleine Nadelstiche. Sunny war wieder mal eifersüchtig, ganz klar. Mir lag schon ein böses Wort auf der Zunge, aber ich verkniff es mir. Wir würden bloß streiten, und das wollte ich nicht. Nicht hier in Noosa, wo ich mich so wohlfühlte, mit dem Surfen jeden Tag und den entspannten, netten Leuten. Zum ersten Mal, seit ich in Australien war, hatte ich das Gefühl, wirklich angekommen zu sein. Bei mir!

Sunny zog langsam ihr Handy aus der Tasche. »Moritz hat übrigens neue Fotos gepostet, von sich und seinen Kumpels. Er sieht so glücklich aus, richtig befreit, ... als ob er ... als ob er froh wäre, mich endlich los zu sein!«

Ich vergaß, was Sunny gerade zu mir gesagt hatte. Schnell legte ich meine Hand auf ihren Arm. »Moritz ist bestimmt genauso traurig wie du. Er überspielt nur seine Gefühle.«

»Ja, vielleicht«, sagte Sunny so leise, dass ich sie kaum hören konnte.

»Wie wär's, wenn wir morgen in den Nationalpark gehen und den Cliff Walk machen? Der steht doch ganz oben auf unserer Wunschliste.«

Sunny steckte ihr Handy ein. »Aber du willst doch morgen wieder surfen.«

Es fiel mir erstaunlich leicht, den Kopf zu schütteln. »Wir sind ja noch länger hier. Und der Küstenwanderweg soll richtig schön sein.«

Wir brachen gleich nach dem Frühstück auf, um dem Andrang der Touristen zu entgehen. Der Noosa Nationalpark war sehr beliebt. Sunny sah viel besser aus und bestand darauf, den Rucksack mit unseren Wasserflaschen zu tragen. Dafür organisierte ich uns am Eingang einen Flyer, überflog den Text und sagte im munteren Ton einer Reiseleiterin: »Viele Leute wissen gar nicht, woher das Wort Noosa kommt. Dabei ist es hochinteressant!«

Sunny spielte mit. »Ach ja, und wieso?«

»Es kommt aus der Sprache der Kabi Kabi und bedeutet Schatten«, prahlte ich mit meinem neu erworbenen Wissen. »Die Region hier wird seit etwa 40 000 Jahren von den Aborigines der Stämme Kabi Kabi, Dalungbara und Undumbi bewohnt. Die Kabi Kabi haben auch den Nationalpark aufgebaut, mit vielen Bäumen, die Schatten spenden.«

Sunny unterdrückte ein Gähnen. »Super. Wie lange dauert die Führung denn noch?«

Ich musste lachen. »Keine Sorge, ist schon zu Ende! Jetzt genießen wir einfach nur die Natur.«

Auf dem ersten Teil der Strecke packte mich dann doch die Sehnsucht. Durch das lichte Laub der Bäume schimmerte immer wieder der türkisblaue Pazifik hindurch. Surfer tanzten auf den Wellen. Die besonders mutigen liefen zu einer Felszunge hinaus. Dort warteten sie, bis eine Welle kam, und stürzten sich dann bäuchlings ins schäumende Wasser.

»Würdest du dich das auch trauen?«, wollte Sunny von mir wissen.

»Nein«, antwortete ich ehrlich und fügte still hinzu: Noch nicht! Es war mein großes Ziel, es wenigstens einmal zu versuchen, bevor wir zum Korallenriff weiterreisten. Wobei mir allein schon beim Gedanken daran fast das Herz stehen blieb.

Als wir weitergingen, verschwand das Meer kurz aus unserem

Blickfeld. Hohe, schlanke Eukalyptusbäume säumten den Weg. Die Sonne schickte ihre Strahlen durch die Zweige und malte ein Mosaik aus dunklen und hellen Flecken auf den sandigen Boden.

Sunny legte den Kopf in den Nacken. »Hier hängen bestimmt Koalas in den Bäumen ab. Man erkennt sie nur oft nicht, weil sie mit ihrem Fell so gut getarnt sind.«

Wir blieben stehen und kniffen angestrengt die Augen zusammen. Kein Koala zu sehen!

»Mochtest du eigentlich schon als Kind Koalas und Kängurus?«, fragte ich Sunny.

»Ja! Und wie!«, kam sofort die Antwort zurück. »Ich wusste zwar kaum etwas über sie. Ich fand es vor allem toll, dass sie weit, weit weg lebten, in Australien. Da wollte ich auch sein, wenn ich in der Schule wieder einen schlimmen Tag hatte.«

Davon hatte Sunny noch nie erzählt. »Du hattest Probleme in der Schule? Mit den Noten?«, hakte ich nach.

Sunny lachte kurz auf. »Das auch, aber das war nicht so schlimm. Meine Mitschüler haben mich gemobbt. Ich musste sogar die Schule wechseln.«

»Gemobbt? Dich??« Ich fiel aus allen Wolken, weil ich mir das bei Sunny überhaupt nicht vorstellen konnte. »Du wickelst mit deinem Charme doch jeden um den Finger!«

Bevor Sunny etwas sagen konnte, hörten wir plötzlich aufgeregte Stimmen vor uns. Der nächste Aussichtspunkt war nicht mehr weit. Wir liefen schneller. Jetzt hatten wir freien Blick aufs Meer. Am Geländer standen Touristen mit gezückten Fotoapparaten und Handys.

»They are so beautiful!« – »Es sind vier, nein, fünf!« – »Zoom sie näher ran!«

»Delfine!«, riefen Sunny und ich gleichzeitig.

Übermütig schwammen sie um die Wette. Sprangen hoch aus

dem Wasser und stürzten sich wieder hinein, frei und elegant mit ihren stromlinienförmigen Körpern. Ich war so gebannt, dass ich alles um mich herum vergaß und überhaupt nicht mehr daran dachte zu fotografieren. Das hier war keine einstudierte Delfin-Show aus dem Zoo. Die Delfine dachten sich ihre eigene Choreografie aus.

Und Sunny strahlte. Sie sah so glücklich aus, während sie den Delfinen beim Spielen zusah. Fast wie früher, bevor Moritz sich von ihr getrennt und ihr den Boden unter den Füßen weggezogen hatte. Auch sie hatte keinen Fotoapparat in der Hand. Wir genossen einfach den wunderbaren Augenblick, so lange, bis die Delfine die Bucht verließen und ins offene Meer zurückkehrten. Irgendwann verschwammen ihre glänzenden Körper mit den glitzernden Wellen um sie herum, und man konnte das eine nicht mehr vom anderen unterscheiden.

Noch ganz erfüllt von den Eindrücken setzten Sunny und ich unsere Wanderung fort. Zunächst führte der Weg weiter durch lichten Eukalyptuswald. Doch danach gab es gar keinen Schatten mehr. Zwischen trockenen Büschen und Gräsern liefen wir am Hügelkamm entlang, vorbei an einem neuen Traumstrand aus puderzuckerfeinem Sand. Noch ein Hügel, den wir umrundeten, und dann näherten wir uns dem Endpunkt des Küstenwanderwegs: einer engen Bucht, eingefasst von schroffen Wänden aus Sandstein. Das wilde Meerwasser strömte hinein und prallte mit voller Wucht gegen die hintere, größte Felswand.

Hell's Gates stand auf einem Schild. Der Name passte. Ich glaubte zwar nicht an die Hölle, aber wenn es sie geben würde, könnten ihre Tore tatsächlich so aussehen.

Sunny blieb neben einem dürren Ast stehen, den ein Sturm von einem Baum gerissen hatte. Mit dem Gesicht zur tosenden Brandung sagte sie: »Am Anfang lieben mich alle, und am Ende hassen sie mich. Das war damals in der Schule so, und das ist auch heute noch so.«

Ich erschrak und wusste nicht, wie ich darauf reagieren sollte.

Dann drehte Sunny den Kopf zu mir. Tränen schimmerten in ihren blauen Augen, als sie weiterredete: »Irgendwann wirst du mich auch hassen.«

»Nein!«, rief ich. »Das wird bestimmt nicht passieren.« Ich lief zu ihr hin und umarmte sie, so fest ich konnte.

WILDE TIERE

Hallo ihr Lieben,
schweren Herzens musste ich mich von Noosa verabschieden, wo ich zwei Wochen fast jeden Tag gesurft bin, zum ersten Mal Delfine im Pazifik gesehen und die teuerste Latte macchiato meiner bisherigen Reise getrunken habe (zugegeben, die war echt lecker!). Ich komme garantiert wieder, und das nächste Mal muss mein Freund auch dabei sein.
Dafür bin ich jetzt schon wieder im nächsten Paradies, das seit 1992 zum UNESCO-Weltnaturerbe gehört. So was darf man sich natürlich nicht entgehen lassen, wenn man schon mal in Australien ist! Ich spreche von der größten Sandinsel der Welt mit einer Fläche von 1840 Quadratkilometern. Bei den Aborigines heißt sie K'gari, was so viel wie »Paradies« bedeutet.
Trotzdem rutschte mir das Herz in die Hose, als ich um 6.30 Uhr am Pick-up-Point in Hervey Bay stand. Ich habe mich von meiner Freundin Sunny zu einer dreitägigen Abenteuertour überreden lassen, mit Geländewagen und Übernachtung in einfachen Zelten. Man hat uns vorher dringend davon abgeraten, eigene Schlafsäcke mitzunehmen. Menschenduft ist nämlich ein Lockmittel für die wilden Hunde, die Dingos. Das Bettzeug, das sie uns hier geben, ist mit

speziellem Waschmittel gewaschen. So kommen die neugierigen Tiere nicht auf die Idee, in den Zelten auf Futtersuche zu gehen und denjenigen zu beißen, der sie dabei stört.
Sunny hätte sich am liebsten selber ans Steuer eines Jeeps gesetzt, aber weil sie noch nicht 21 Jahre alt ist, hat unser Tourguide das nicht erlaubt. Peter sieht mit seinem Vollbart und den Dreadlocks unverschämt gut aus, also hat Sunny keinen Aufstand gemacht. Obwohl sie findet, dass es in Australien viel zu viele Regeln und Vorschriften gibt.
Erst mal sind wir aber mit der Fähre zur Insel rübergefahren. Während wir auf dem Sonnendeck saßen, sind zwei Pelikane lässig neben uns hergeflogen. Nach der Ankunft hat Peter unsere Gruppe auf vier Geländewagen verteilt. Und dann ging das große Abenteuer los! Meine Freundin und ich saßen im zweiten Jeep und haben als Allererstes gelernt, uns gut festzuhalten. Trotz Allradantrieb hüpfen die Geländewagen oft in die Höhe, wenn sie durch die Löcher auf der Sandpiste fahren. Und während wir so über den breiten Sandstrand gerast sind, ganz nah am rauschenden Meer, hatte ich das Gefühl, in einer komplett anderen Welt zu sein. Plötzlich hat Peter angehalten, einen Arm aus dem Fenster gestreckt und nach links gezeigt. Ein sandfarbener Dingo kam direkt auf unsere Autos zu! Wir hatten großes Glück, denn es gibt nur noch wenige reinrassige Dingos auf der Insel.
Kurze Zeit später erreichten wir unser Camp. Im Gemeinschaftszelt gab es ein Buffet, und dann haben wir unsere Sachen zu den kleinen Zelten gebracht, die geschützt von einer Sanddüne direkt am Meer aufgebaut sind.
Nachmittags sind wir zu einer der größten Attraktionen der Insel gefahren: zum *Maheno*-Schiffswrack. Die kupferroten Reste des Luxusliners sind von Korallen bewachsen und sehen aus wie ein modernes Kunstwerk. Peter hat uns die tragische Geschichte der

Maheno erzählt. Auf ihrer letzten Fahrt sollte sie nach Japan überführt werden und wurde dafür von einem anderen Schiff gezogen. Aber sie hat sich in einem Sturm losgerissen. Und weil man vorher die Ruder und Schrauben abmontiert hatte, konnte man sie nicht mehr manövrieren. So ist die *Maheno* 1935 an der Ostküste von Fraser Island gestrandet.
Am Abend beim Barbecue Dinner im Camp hatte Peter eine Überraschung für uns: Er hat uns auf einem Didgeridoo vorgespielt. Er hat sich schon lange intensiv mit der Kultur der australischen Ureinwohner auseinandergesetzt. Wir durften auch spielen, und ich hoffe mal, dass wir mit unseren schrägen Klängen auch noch den letzten neugierigen Dingo aus dem Camp vertrieben haben!
Bevor wir uns in die Zelte zurückgezogen haben, hat uns Peter noch die Sage von K'gari erzählt, nach der die Insel benannt ist. Sie war eine wunderschöne Göttertochter, die auf die Erde entsandt wurde. Vor der Küste Australiens legte sie sich schlafen und wurde zu dieser Insel. Legt man den Kopf in den Sand, kann man ihren Puls hören.
Das werde ich morgen gleich ausprobieren.
Gute Nacht, ihr Lieben!

* * *

Sunny lief durch den Regenwald, als ob sie ihr Leben lang nichts anderes getan hätte. Es war unglaublich heiß und schwül, Insekten surrten um unsere Köpfe herum, und eine Stunde anstrengender Fußmarsch lag bereits hinter uns. Sunny hatte sich mit ihren engen Turnschuhen schon gestern eine Blase geholt, aber ihr schien das alles nichts auszumachen, im Gegenteil. Sie konnte sich nicht sattsehen an den vielen Grüntönen, den Farnen und Bäumen mit ihren schlanken Stämmen, die bis in den Himmel hinaufwuchsen. Ich dagegen hatte dauernd Angst, aus Versehen in ein Spinnennetz zu laufen oder auf eine Schlange zu treten.

»Auf Fraser Island leben einige der gefährlichsten Giftspinnen der Welt«, hatte Peter uns heute Morgen erzählt und dabei genüsslich seinen Vollbart gekrault. Dann schickte er das bewährte australische Mantra hinterher: »No worries!«

Sorgen machte sich Sunny wirklich nicht. Jetzt lief sie schon wieder voraus, weil es ihr nicht schnell genug ging. Fünf Minuten später blieb sie abrupt stehen und legte den Finger an die Lippen. Nanu? Außer einem sandigen Bach konnte ich nichts Aufregendes entdecken.

Doch Peter grinste. »Du hast gute Augen«, flüsterte er.

Sunny lächelte stolz. »Ein Kookaburra!«

Jetzt sah ich ihn auch: einen kleinen hellen Vogel, der seinen Durst mit dem kristallklaren Wasser löschte. Nach einer Weile putzte er sich und flatterte davon.

Sunny ging zusammen mit Peter weiter. Ich hörte die beiden über Eisvögel fachsimpeln und lachen und dachte nur: Ist das wirklich dieselbe Sunny, die ich in Noosa kaum aus dem Bett bekommen hatte? Heute war sie ein völlig anderer Mensch.

Nach einer weiteren schweißtreibenden Stunde erreichten wir eine große Sanddüne mitten im Regenwald, wo wir Pause machten. Noch nie haben mir aufgeweichte Sandwiches und lauwarmes Wasser so gut geschmeckt! Ich lehnte mich gegen einen Baumstamm und machte die Augen zu. Über mir rauschte sanft der Wind in den Bäumen. Tropische Vögel zwitscherten und Grillen zirpten.

Ich musste kurz eingeschlafen sein, denn als ich die Augen wieder aufmachte, waren die Picknicksachen weggeräumt, und die anderen Teilnehmer unserer Gruppe machten gerade lustige Selfies vor der Sanddüne. Nein, nicht alle.

Sunny saß auf einem Baumstumpf. Peter kniete vor ihr und hatte Sunnys nackten rechten Fuß auf seinem Oberschenkel.

»Und, wie sieht es aus? Jetzt sag schon. Nein, nicht kitzeln!« Sunny kicherte.

»Hab ich doch gar nicht«, behauptete Peter grinsend. Dann schüttelte er bedauernd den Kopf. »So ein schöner Fuß und so eine hässliche Blase! Was machen wir denn da?«

»Du könntest mich auf dem Rückweg tragen«, witzelte Sunny.

Peter lachte. »Oder einen Hubschrauber einfliegen lassen, klar. Wie wär's mit einem stinknormalen Pflaster?«

»Superlieb von dir, danke, Peter!«, sagte Sunny mit samtweicher Stimme.

Ich traute meinen Augen nicht. Sunny flirtete mit unserem Tourguide! Dieselbe Sunny, die mir erst gestern Abend im Zelt erzählt hatte, dass sie Moritz nicht vergessen konnte. Die zwei Dinge bekam ich einfach nicht zusammen.

Auf dem Rückweg ging Sunny wieder neben mir und war total aufgekratzt. Ständig machte sie witzige Bemerkungen und unterhielt die ganze Gruppe. So überdreht wie sie war, fiel es ihr gar nicht auf, dass ich immer schweigsamer wurde.

Zur Belohnung nach der anstrengenden Wanderung fuhren wir anschließend zum bekanntesten See der Insel, dem Lake McKenzie. Es war herrlich, in den türkisfarbenen Süßwassersee zu springen. Sunny spritzte mich die ganze Zeit über nass, was mir irgendwann zu viel wurde. Ich flüchtete auf den weißen Strand, der in der goldenen Sonne wie Pulverschnee glitzerte.

»Der Sand hier eignet sich übrigens super für ein Peeling«, verriet uns Peter.

Im Handumdrehen waren wir alle von oben bis unten mit Sand paniert, und das fand sogar ich wieder ziemlich lustig. Trotzdem war ich erleichtert, als Peter zur Abfahrt drängte und der Tag nach einem weiteren unvermeidlichen Barbie zu Ende ging. Sunny und ich sagten als Erste Gute Nacht. Der Mond und tausend Sterne beleuchteten unseren Weg zu den Zelten am Strand.

»Sag mal, was war das eigentlich mit Peter?«, fragte ich Sunny, die kichernd mit dem Reißverschluss unseres Zelts kämpfte.

»Was denn? Was meinst du?«

»Das weißt du genau.«

»Ach so.« Sunny winkte ab. »Ich wollte nur sehen, ob es noch funktioniert. Ich bin schließlich frei und kann machen, was ich will! Das hat Moritz jetzt davon.« Sunny hatte den Reißverschluss aufbekommen und kroch ins Zelt. »Aber ich will jetzt nicht darüber reden.«

Alles klar, dachte ich, folgte ihr mit der Handytaschenlampe und hatte nur noch einen Wunsch: schlafen. Todmüde zog ich meine Shorts aus und beschloss, mir das Zähneputzen zu schenken. Mein herrlich weicher Schlafsack wartete. Das orangefarbene Innenfutter leuchtete mir entgegen. Dann stutzte ich. Seltsam, an das sternförmige, dunkle Muster konnte ich mich gar nicht erinnern ...

»Aaaah!«, brüllte ich. »Eine Spinne!«

»Wo?«, fragte Sunny.

Mit zitternden Fingern zeigte ich auf das riesige Tier mit den langen, braunen Beinen.

»Gaaanz ruhig«, sagte Sunny leise, nahm mir das Handy ab und richtete die Taschenlampe auf die Spinne.

Ich presste meine Hand vor den Mund. Wir mussten raus hier, sofort! Aber dann würde sich die Spinne erst recht auf uns stürzen. Wie weit konnten Spinnen springen? Und wie weit ihr tödliches Gift verspritzen?

»Alles gut«, sagte Sunny. »Es ist nur eine Huntsman Spider. Die sind völlig harmlos.«

»Bist du sicher?«

»Hundertpro. Halt mal.« Sunny gab mir die Taschenlampe und

hielt der Spinne ihre offene Handfläche hin. »Na, Kleiner, hast du dich verlaufen? Komm her, ich bring dich raus. Am Strand ist es viel schöner als hier bei uns im Dunkeln.«

Die Huntsman Spider streckte tastend ihr rechtes Vorderbein aus, zögerte – und krabbelte mutig los.

»Bring sie ganz … weit … weg!« Ich konnte kaum sprechen, nur flüstern.

Sunny verschwand mit der Spinne und kehrte kurz darauf ins Zelt zurück. »Auftrag erledigt«, verkündete sie stolz. »Mann, war das spannend!«

Ich stöhnte. »Wie konntest du bloß so cool bleiben? Ich bin tausend Tode gestorben. Danke!!!«

Sunny gab zu, dass sie zuerst auch Angst gehabt hatte. Dann durchsuchte sie unsere Schlafsäcke nach weiteren möglichen Mitbewohnern, fand jedoch nichts. »Jetzt können wir ruhig schlafen.«

Von wegen! Ich wusste, dass ich in der nächsten Stunde garantiert kein Auge zubekommen würde. Und nach dem Schock musste ich dringend mit Mason telefonieren. Meine Finger zitterten immer noch, als ich seine Nummer aufrief.

»Hi Alina, sweetheart! Ich wollte dich auch gerade anrufen. Das süße Bild von dir auf dem Surfbrett hab ich immer dabei. Du fehlst mir so.«

»Du mir erst!«

»Ist was passiert?«

Ich atmete tief ein, um mich wieder zu beruhigen. »Alles gut«, antwortete ich. Und dann erzählte ich Mason von meinem Spinnen-Abenteuer und wie Sunny uns beide gerettet hatte.

Mason pfiff durch die Zähne. »Wow! Bin ich froh, dass sich nicht die falsche Spinne in euer Zelt verirrt hat. Glaub mir, ich hätte auch voll Schiss gehabt. Sag der Spinnen-Flüsterin schöne Grüße.«

»Richte ich aus.«

»Du, ich muss leider los«, entschuldigte sich Mason. »Wir haben gleich Bandprobe.« Im Hintergrund hörte ich, wie Lenny sein Schlagzeug verprügelte. Kurze Pause. Dann lachte ein Mädchen und rief: »Mason, kommst du?«

»Schlaf gut, Alina! Ich umarm dich.«

Und weg war er. Aufgelegt. Ich starrte auf den roten Hörer auf dem Display und bekam schon wieder Beklemmungen.

»Was ist los?«, fragte Sunny, die sich bereits in den Schlafsack gekuschelt hatte.

»Da war ein Mädchen, das nach ihm gerufen hat«, erzählte ich.

Sunny runzelte die Stirn. »Hat er gesagt, wie sie heißt?«

Ich schüttelte den Kopf. »Das war bestimmt nur eine Freundin von Lenny oder James oder ...«

Sunny sah mich mitfühlend an. »Arme Alina! Erst schockt dich diese Huntsman Spider und dann auch noch dein Freund. Sei bloß vorsichtig. Ich kenne Musiker, die fahren oft zweigleisig und haben nicht mal ein schlechtes Gewissen dabei. Die finden das total normal, wegen künstlerischer Freiheit und so weiter.«

»Hör auf!«

Sunny seufzte. »Ich hab dich gewarnt. Hoffentlich bleibt der Typ dir treu, sonst kann er was erleben!«

FEUERFUNKEN

Zwei Tage später saßen Sunny und ich wieder im Auto und reisten weiter Richtung Norden, im Kofferraum Schuhe voller Sand und eine Portion Wehmut. Von den gefährlichen Vier- und Achtbeinern abgesehen, hatte mir Fraser Island richtig gut gefallen. Am dritten Tag waren wir mit einem Tourguide auf den Indian Head gestiegen, eine erhöhte Landzunge, die den Ureinwohnern heilig ist. Wir haben zwar leider keinen Wal gesehen, aber dafür immerhin Haie. Und dann gab es da noch diese tollen, durch Felsen vom Meer getrennten Becken.

Sunny hatte offenbar auch gerade daran gedacht. »Jetzt haben wir also doch noch in Champagner gebadet«, stellte sie zufrieden fest und stieg kräftig aufs Gaspedal.

Ich nickte. »Kein Wunder, dass die Champaign Pools heißen. Es hat wirklich unglaublich geprickelt, wenn immer wieder das sprudelnde Meerwasser reingeschwappt ist.«

Schweigend hing jede von uns ihren eigenen Erinnerungen nach. Irgendwann später drehte ich das Radio an, um uns die Fahrtzeit zu verkürzen. Sunny summte bei ihren Lieblingssongs mit, und ich kam leider ins Grübeln.

Wer war das unbekannte Mädchen? Und warum hatte Mason sie

seitdem mit keinem Wort erwähnt, obwohl er mir fünf Nachrichten geschrieben hatte? Nachrichten mit Herzchen, mit Komplimenten, total lieb.

Doch mit jedem Kilometer, der uns noch weiter voneinander entfernte, wurde ich unsicherer. Das konnte nicht so weitergehen. Wenn wir auf Magnetic Island waren, würde ich Mason anrufen, und dann würde sich alles aufklären.

Ja, unser nächstes Ziel war wieder eine Insel. Durch Fraser waren wir auf den Geschmack gekommen. Außerdem war es der perfekte Zwischenstopp vor dem Great Barrier Reef.

Sunny und ich hatten beschlossen, die Strecke in einem Rutsch durchzufahren und uns am Steuer abzuwechseln. Nur einmal übernachteten wir in einem Motel und kamen am frühen Nachmittag des nächsten Tages in Townsville an.

Sunny wurde nervös. »Und wo muss ich jetzt hin?«

»Warte kurz.« Ich wischte mich durchs Navi auf dem Handy, bis ich zwei Fernreisebusse vor uns bemerkte. »Fahr einfach denen hinterher«, schlug ich vor. »Wetten, die wollen auch zur Fähre?«

»Wenn nicht, spendierst du uns das nächste Eis.«

Ich gewann die Wette. Sunny kaufte das Eis, während ich am Schalter zwei Tickets für die Autofähre löste und nebenbei zwei deutschen Backpackerinnen half, die erst vor einer Woche in Cairns angekommen waren. Es war ein schönes Gefühl, Tipps geben zu können. Inzwischen war ich voll der Australienprofi. Na ja, fast ...

Die Fähre kam, und bald tauchte Magnetic Island am Horizont auf. Was für ein Gegensatz zur Sandinsel! Viel mehr Hügel und alle dicht bewaldet.

»Lauter Eukalyptusbäume«, wusste Sunny. »Und jetzt will ich endlich mal Koalas in freier Natur erleben.«

Aber zuerst mussten wir uns eine Unterkunft suchen. Ich rief bei einem Village in Horseshoe Bay an, das kleine Bungalows vermietete.

»Sie haben Glück«, sagte die Frau von der Rezeption. »Ein Bungalow ist noch frei.«

Die Autofähre legte an, und dann berührten die Reifen unseres roten Kombis zum ersten Mal Magnetic Island. Magnetische Felsen gab es hier übrigens nicht. Der Kompass von James Cook, der die Insel 1770 entdeckte, musste aus irgendeinem anderen Grund plötzlich verrücktgespielt haben.

Knapp zehn Minuten trennten uns von unserem nächsten Ziel. Ich saß wieder am Steuer und mochte die Insel sofort. Sie war so schön grün und wirkte herrlich entspannt mit all den kleinen Straßen. Nur die Kurven hatten es in sich. Erst ging es ziemlich steil bergan und auf der anderen Seite den bewaldeten Hügel wieder hinunter. Als ich zum Koala Village rechts abbog, rief Sunny enttäuscht: »Was ist das denn für ein langweiliges Nest? Das liegt ja gar nicht am Strand!«

»Dafür kannst du mit den Koalas frühstücken«, gab ich lachend zurück.

So ganz stimmte das natürlich nicht, weil man für den kleinen Zoo nebenan Eintritt zahlen musste. Trotzdem fand ich es super, und unseren Bungalow auch. Wir hatten ihn ganz für uns allein und sogar ein Waschbecken im Zimmer.

Sunny warf ihren Rucksack aufs Doppelbett und sah sich um. »Das ist ja winzig! Und total heiß. Man kann nicht mal das Fenster aufmachen. Der Ventilator wird bestimmt auch nicht viel bringen.«

Ich sagte nichts dazu und begann auszupacken. Es war echt nicht einfach mit Sunny. Mal ging es ihr fantastisch, und im nächsten Moment war plötzlich alles schrecklich. Das konnte nicht nur an Moritz liegen.

»Und, was wollen wir als Erstes machen?«, fragte ich. »In den Zoo gehen?«

Sunny streckte sich auf dem Doppelbett aus. »Morgen.«

»Schwimmen?«

»Keine Lust.«

»Wandern?«

»Heute nicht. Du weißt doch, meine Blase ...«

Ich verkniff mir eine Bemerkung. Auf Fraser Island war Sunny trotz der Blase stundenlang herumgelaufen, aber da war ja auch Peter dabei gewesen.

Irgendwas musste es doch geben, mit dem ich Sunny aus ihrem Stimmungstief herausholen konnte. Am besten fragte ich mal an der Rezeption nach. Ich wollte mich schon auf den Weg machen, als Sunny auf ihren Rucksack zeigte. »Du bist ja voll motiviert. Dann kannst du gerne meine Wäsche waschen, wenn du willst.«

Fassungslos starrte ich Sunny an. Sie meinte das wirklich ernst.

»Nein, danke«, sagte ich ruhig. »Ich hab schon was anderes vor.«

»Was denn?«, rief Sunny mir nach, aber da war ich schon weg.

Ich hatte keine Ahnung, was ich machen sollte, und lief einfach raus auf die Straße. In mir brodelte es. Was bildete sich Sunny eigentlich ein? Was konnte ich dafür, dass sie schlecht drauf war? Ich hatte es so satt, ihre Launen zu ertragen. Alles sollte sich bitte schön immer nur um sie drehen.

Plötzlich hörte ich Masons Stimme in meinem Ohr: »Deine Freundin ist echt anstrengend. Dauernd muss sie im Mittelpunkt stehen.«

Damals hatte ich Sunny verteidigt. Würde ich das heute auch noch tun? Ich war mir nicht sicher.

Während ich weiter die brütend heiße Straße entlanglief, raste ein pinkfarbenes kleines Cabrio an mir vorbei, in das sich drei bestens gelaunte Backpacker gequetscht hatten.

»Sollen wir dich mitnehmen, Süße?«, rief ein braun gebrannter Typ mir zu. »Ein Platz ist noch frei.«

Ich schüttelte den Kopf. »Lieber nicht.«

Als das Cabrio hupend weiterraste, zog ich mein Handy aus der Tasche und rief Mason an. Es tutete dreimal, viermal. Dann sprang die Mailbox an.

»Bin gerade auf der Bühne oder gebe Autogramme an kreischende Fans.« Mason lachte. »Jetzt ganz im Ernst: Sprecht einfach drauf. Tschüss!«

Ich drückte auf den roten Hörer. Die Ansage war neu. Machte Mason wirklich nur Witze, oder steckte etwas Wahres dahinter? Das geheimnisvolle Mädchen, das wahrscheinlich sein größter Fan war? Schluss jetzt! Ich durfte mich nicht in wilde Vermutungen hineinsteigern. Morgen würde ich es noch mal bei Mason versuchen, und jetzt würde ich in aller Ruhe alleine die Insel erkunden.

Ohne dass ich es mitbekommen hatte, war ich genau richtig gelaufen. Vor mir sah ich Palmen, Sand und blaues Wasser. Der Strand von Horseshoe Bay, er war ganz nah. Sunny hatte sich ganz umsonst aufgeregt.

An der Promenade parkten gleich vier pinkfarbene Cabrios nebeneinander. Anscheinend konnte man sich die auf der Insel günstig mieten. Ich zog meine Schuhe aus und lief runter zum Strand. Das Wasser war spiegelglatt. Keine meterhohen Wellen, keine tosende Brandung wie am Bondi Beach. Sanft schaukelten ein paar Segelboote in der Bucht. In einem viereckig abgetrennten Bereich planschten ein paar Schwimmer. Ich wollte auch ins Wasser, aber unbedingt weiter raus, wenn das Meer schon mal so ruhig war.

Schnell zog ich mein T-Shirt über den Kopf und die kurze Hose aus. In den letzten Wochen hatte ich mir angewöhnt, immer einen Bikini drunterzutragen, falls es spontan eine Gelegenheit zum Schwimmen gab.

Als ich neben dem abgetrennten Bereich ins Wasser gehen wollte, hörte ich jemanden pfeifen. Der braun gebrannte Typ aus dem Cabrio kam auf mich zugerannt. »Tu's nicht, Süße!«

Ich reagierte nicht auf seine plumpe Anmache und lief weiter.

»Warte! Das ist wirklich keine gute Idee.«

»Wieso?«, fragte ich genervt.

Er beugte sich zu mir vor und murmelte: »Weil deine Haut dann wie Feuer brennen und dein Atem aussetzen könnte. Herzstillstand ist selten, kann aber auch passieren, wenn du Pech hast.«

Erschrocken zog ich meinen Fuß aus dem Wasser. »Quallen!«

»Bingo!«, gab der Typ zurück und klatschte in die Hände.

Fluchtartig lief ich aus dem Wasser. Wie hatte mir das bloß passieren können? Von Oktober bis Juni war hier in der Gegend Quallen-Saison. Das stand in jedem Reiseblog. Natürlich verstand ich jetzt auch, warum alle anderen den abgetrennten Bereich nicht verließen. Dort hing ein Netz im Wasser, durch dessen feine Maschen größere Quallen nicht hindurchkamen.

Auf einmal fand ich den aufdringlichen Typen gar nicht mehr so unsympathisch. »Danke, dass du mich gewarnt hast.«

»Gerne jederzeit wieder. Ich bin Paul.«

»Alina. Mein Nachname ist übrigens Helms, nicht Süße.«

Paul stutzte kurz, dann musste er lachen. »Ist angekommen. Sorry wegen vorhin! Du kommst auch aus Deutschland, oder?«

Ich nickte. Wir machten ein bisschen Small Talk. Zum Glück fragte mich Paul nicht nach meiner Handynummer. Beim Abschied gab er mir noch einen Tipp: »Heute Abend steigt hier die Full Moon Party. Da musst du unbedingt kommen.«

Ich sagte weder Nein noch Ja und lief zurück zum Village. Wetten, dass Sunny immer noch schlecht gelaunt im Bett lag? Darüber mussten wir dringend mal reden, am besten jetzt gleich. Ich war fest entschlossen dazu, als ich schwungvoll die Tür aufmachte.

»Überraschung!«, rief Sunny.

Ein buntes Tuch lag auf dem Bett – und lauter kleine Teller mit Muffins. Sunny drückte mir eine eisgekühlte Flasche Limonade in die Hand. »Tut mir total leid, dass ich so mies drauf war! Ich wollte dich nicht runterziehen.«

Damit nahm sie mir komplett den Wind aus den Segeln. »Hm ... war nicht so schlimm«, nuschelte ich.

Sunny widersprach: »Doch! Ich bin schuld, ich hab dir den Tag verdorben.«

»Das stimmt nicht.«

Sunny seufzte. »Du konntest noch nie gut lügen. Aber ich streng mich an, ich versprech's dir hoch und heilig. Jetzt essen wir die Muffins, und heute Abend gehen wir auf die Full Moon Party. Das Nest hier ist nämlich doch nicht so langweilig, wie ich dachte.«

»Äh ... woher weißt du das?«, fragte ich verblüfft.

Sunny lachte. »Tja, ich hab da so meine geheimen Quellen ... Gina von der Rezeption hat's mir verraten.«

Wie stylt man sich für eine Full Moon Party? Zu Hause hätte ich wahrscheinlich eine Stunde vor dem Kleiderschrank verbracht und ein Outfit nach dem anderen probiert. Aber weil in meinem Rucksack nur ein schickes Kleid war, zog ich einfach das an. Lipgloss und Wimperntusche, und schon war ich fertig. Sunny war noch schneller als ich. Ihr weißes T-Shirt hatte sie mit der Schere bearbeitet und zum One-Shoulder-Shirt umfunktioniert. Dazu trug sie Jeans und ihre ausgelatschten Sneakers.

»Bist du bereit?«, fragte sie mich mit einem Funkeln in den Augen. Heute hatte sie wieder diese magische Ausstrahlung wie am ersten Tag im Café Jasmin, als ich sie kennengelernt hatte.

»Ja, klar!«, sagte ich aufgeregt.

Als wir in der feuchtwarmen, tropischen Luft hinunter zum Strand gingen, tauchte die Sonne gerade ins Meer ab. Bunte Vögel krakeelten in den Bäumen, und von allen Seiten strömten Leute zusammen. Sunny in ihrem Shirt fiel auf. Einige Männer pfiffen ihr hinterher, aber sie tat so, als hätte sie es nicht gehört.

Horseshoe Bay hatte sich in eine flirrende Partymeile verwandelt. Auf der Promenade waren überall Bars und Essensstände aufgebaut. In den Palmen hingen Lichterketten, und auf den beiden Bühnen sorgten DJs für Stimmung. Schon jetzt kam man in den Menschenmassen kaum vorwärts. Wie sollte das erst werden, wenn die Party richtig losging?

»Letzten Monat waren es 600 Leute«, hörten wir neben uns einen Australier sagen.

»Diesmal werden es bestimmt noch mehr«, vermutete seine Freundin.

Neben einer Bar mit einer großen Plastikpalme hatte sich eine Männer-Clique im Kreis aufgestellt. Sie steckten die Köpfe zusammen, stimmten einen grölenden Sprechgesang an und sprangen gleichzeitig in die Höhe.

Sunny verzog die Mundwinkel. »Die haben schon kräftig vorgeglüht. Eklig, so was.« Dann hakte sie sich bei mir unter. »Komm, lass uns auch was zu trinken holen.«

Mit kühlen Bierflaschen in der Hand schlenderten wir an den Ständen entlang.

»Hi, ihr beiden!«, sprach uns eine junge Australierin an, die von Kopf bis Fuß esoterischen Schmuck trug. »How are you?«

»Fine«, antwortete ich, und Sunny setzte noch eins drauf: »Fantastic. And how are you?«

Nachdem auch die Frau uns versichert hatte, wie blendend es ihr ging, sagte sie: »Ich bin Linda. Habt ihr Lust auf ein Face Painting?«

Sunny nickte. »Ja, warum nicht?«

Wir durften uns Farben aussuchen, die im Dunkeln leuchteten. Ich hatte schon mal von Schwarzlichtschminke gehört, sie aber noch nie selbst ausprobiert. Orange und Weiß gefielen mir besonders gut. Linda malte mir je zwei Streifen auf die Wangenknochen. Sunny bekam ganz viele neongrüne und lilafarbene Punkte. Das wirkte, als ob sie eine geheimnisvolle Karnevalsmaske tragen würde.

»Warte«, sagte Sunny zu mir. »Da fehlt noch was.« Konzentriert malte sie mit dem Pinsel etwas auf meine Stirn. Dann trat sie einen Schritt zurück und sah mich prüfend an. »Jetzt ist es perfekt.«

Linda gab mir einen Handspiegel. Auf meiner Stirn leuchtete ein rotes Herz.

»Sieh dich an, wie schön du bist«, sagte Sunny leise.

Verlegen gab ich Linda den Spiegel zurück. »Danke dir. Komm, lass uns tanzen gehen, Sunny!«

Auf der großen Bühne legte der DJ gerade elektronische Musik mit schnellen Beats auf. Sunny fing sofort an, wild zu tanzen. Sie zeigte auf mich, lachte und steckte mich an mit ihrer Energie. Unsere Gesichter leuchteten wie zwei Regenbogen. Irgendwann machte ich die Augen zu und ließ die Beats durch meinen Körper pulsieren. Spürte Sunnys Atem neben mir. Wollte immer so weiter tanzen. Wollte, dass es nie aufhörte.

Plötzlich klopfte mir jemand auf die Schulter. »Ich wusste, dass du kommst!«, brüllte Paul mir ins Ohr.

Sunny kam zu mir her. »Kennt ihr euch?«

»Ja!« Paul zeigte auf seine Ohren und schüttelte dabei den Kopf. Dann winkte er uns ein Stück weg von der Bühne, damit wir uns unterhalten konnten, ohne uns gegenseitig anzuschreien.

Stolz erzählte Paul: »Ich hab sie vor den tödlichen Quallen gerettet!« Seiner Stimme merkte man an, dass er schon ziemlich viel getrunken hatte.

Ich stellte klar, dass die Sache nicht ganz so dramatisch abgelaufen war.

Sunny meinte nur: »Alina kann gut auf sich selber aufpassen.«

»Sicher.« Paul zwinkerte mir zu. »Habt ihr eigentlich schon die Wallabys gesehen?«

Ich schüttelte den Kopf. »Wir sind gerade erst angekommen.«

Da wurde Paul redselig. In Arcadia turnten die kleinen Kängurus einfach so zwischen den Felsen herum. Wir sollten am besten gleich morgen hinfahren und sie füttern. Und natürlich den Forts Walk machen. Der Ausblick von dem ehemaligen Militärstützpunkt sei mega. Auf dem Weg dahin würden wir bestimmt auch tolle Schmetterlinge und Koalas sehen. »Hundertpro!«

»Machen wir«, sagte Sunny. »Tschüss!« Sie ließ Paul einfach stehen und lotste mich zurück zur Bühne.

Doch Paul folgte uns. Angeblich hatte er sowieso vorgehabt zu tanzen. Er hüpfte wie ein Flummi auf und ab und kam mir dabei »zufällig« immer näher. Langsam wurde es mir zu viel, aber ich wusste nicht, wie ich ihn abwimmeln sollte. Hinter seinem Rücken gab ich Sunny hektische Zeichen.

Sofort schob sie sich dazwischen. »Sorry, aber das ist *meine* Freundin!«

Pauls Blick wanderte von Sunny zu mir und blieb an meiner Stirn hängen. Amüsiert hob er beide Hände. »Ach so! Das hab ich nicht gewusst. Dann noch eine schöne Nacht, ihr zwei Süßen!«

Ich wurde rot. Wie peinlich war das denn?

»Danke, die werden wir haben«, gab Sunny lässig zurück. Locker legte sie den Arm um meine Hüfte. »Kommst du, Babe?«

»Äh ... ja«, murmelte ich.

Als wir weggingen, spürte ich förmlich, wie Paul uns nachstarrte. Jetzt bloß nicht umdrehen, dachte ich.

Endlich waren wir weit genug entfernt. In einer ruhigeren Ecke der Partymeile ließ Sunny meine Hüfte los und kicherte. »Hast du seinen Blick gesehen? Der belästigt dich garantiert nie wieder.«

»Ja, *Babe.*« Endlich musste ich mich nicht mehr zusammenreißen. Am Ende hatte ich Tränen in den Augen vor lauter Lachen.

Wir holten uns noch ein Bier, schoben uns durch das fröhliche Partyvolk und plötzlich rief Sunny: »Ich hab eine Idee, was wir jetzt machen!«

Egal was es sein mochte, in dem Moment hätte ich wahrscheinlich alles mitgemacht, was sie vorschlug.

Sunny organisierte uns Kopfhörer, stopfte sie in ihre Tasche und lief mit mir den Strand entlang, weg von der Musik, dem Lachen und Lärm. Wir zogen unsere Schuhe aus, liefen barfuß weiter. Der Sand war noch ganz warm. Das Meer flüsterte. Über uns leuchtete der volle, runde Mond. Unten leuchteten wir mit unseren Neonfarben im Gesicht. Wir hatten die tropische Nacht für uns alleine – oder doch nicht? Plötzlich entdeckte ich lange Schatten am Strand. Menschen, die sich unter einer Lichterkette in Zeitlupe bewegten.

Da blieb Sunny auf einmal stehen und sagte: »Weißt du, woran ich gerade denken musste? Dass du viel mehr bist als nur meine beste Freundin. Du bist meine Familie. Eine Familie, die ich mir selbst ausgesucht habe.«

Das hörte sich toll an, und ich verstand sofort, was sie meinte. Aber bevor ich etwas darauf sagen konnte, zog Sunny mich weiter. Wir liefen auf die Tänzer am Strand zu. Als wir näher kamen, sahen wir, dass sie sich mit ausgebreiteten Armen in den Hüften wiegten. Die Augen geschlossen, selbstvergessen, wie in Trance. Hatten sie Drogen genommen? Dann fielen mir die Kopfhörer auf.

Sunny griff in ihre Tasche und gab mir auch einen. Sie legte den Finger auf ihren Mund und flüsterte: »Silent Disco.«

Spontan umarmte ich Sunny. Ja, sie hatte ihre Launen, aber jetzt wusste ich wieder, was ich an ihr so liebte. Alles war aufregend mit ihr, neu und magisch. Noch nie hatte ich so intensiv gelebt wie jetzt.

Ich setzte den Kopfhörer auf und fand schnell heraus, dass ich zwischen zwei Musikrichtungen wählen konnte. Auf harte Elektrobeats hatte ich keine Lust, aber der Klangteppich aus Harfe und Panflöten war genau richtig. Auch Sunny entschied sich für die ruhige Musik. Wir fingen an zu tanzen, ganz langsam, den warmen Sand zwischen den Zehen. Sunny sah mich immer wieder an, als würden wir ein unausgesprochenes Geheimnis teilen. Das war aufregend und gleichzeitig verwirrend. Das Meer lag wie ein Teppich aus dunklem Samt zu unseren Füßen. Der Mond leuchtete. Feuerfunken glühten.

UNTERWASSER

Als ich aufwachte, wusste ich erst nicht, wo ich war. Am Strand mit Sunny? Aber da war kein Mond am Himmel, keine Sterne. Im Auto? Ich konnte weder Steuer noch Windschutzscheibe entdecken. Alleine irgendwo? Nein, das auch nicht. Ich hörte tiefe Atemzüge neben mir.

Fahles Licht floss durchs Fenster. Der Bungalow. Das Doppelbett. Sunny und ich in unseren Partykleidern. Ich sammelte das Hier und Jetzt wie Puzzleteile auf. Nach und nach kamen auch ein paar Erinnerungsfetzen zurück.

Sunny und ich auf dem Weg nach Hause. Bierflaschen, die aneinanderklirren. Schier endlose Gespräche über unsere besondere Freundschaft und den wunderbaren Zufall, der uns zusammengeführt hat.

Irgendwann Sunnys Frage: »Wer ist der wichtigste Mensch in deinem Leben?«

»Du«, liegt mir auf der Zunge, aber ich spreche es nicht aus.

Sunny lächelt mich liebevoll an. »Mason natürlich«, antwortet sie für mich.

Später fallen ihr die Augen zu. Ich halte mich noch wach. Dann nicht mehr.

Alles gut, oder? Nein, überhaupt nicht!

Ich verstand nicht, was Sunny eigentlich von mir *wollte*. Ob sie einfach nur ein Spiel mit mir spielte? Und warum sie eifersüchtig auf Mason war.

Sunny stöhnte leise im Schlaf und drehte sich auf die Seite. Ihre Stirn glänzte. Eine verschwitzte Haarsträhne fiel ihr ins Gesicht. Die grünen und lila Punkte waren verwischt, die Maske löchrig geworden. Sunny hatte die Beine angezogen und wirkte verloren auf dem großen Bett.

Ich zwang mich dazu, ganz ruhig zu atmen. Konnte es sein, dass Sunny mehr für mich empfand? Dann dachte ich an Moritz und Peter, unseren Tourguide auf Fraser Island, und verwarf den Gedanken gleich wieder. Aber warum hatte sie mir ein Herz auf die Stirn gemalt und letzte Nacht diese knisternde Spannung zwischen uns aufgebaut? Das hatte sie bestimmt absichtlich gemacht. Warum? Ich konnte mich nicht richtig konzentrieren, das australische Bier vernebelte mir immer noch den Kopf. Und der chaotische Tag, der hinter mir lag. Sunnys schlechte Laune, Masons Spruch auf der Mailbox, die Quallen, Paul. Das war alles zu viel gewesen.

Sunny murmelte etwas im Schlaf, das ich nicht verstand. Plötzlich fiel mir wieder ein, wie sie in Noosa nicht aus dem Bett gekommen war. Und dann wieder alles bestimmen wollte. Hatte sie so was öfter? Sollte ich sie darauf mal ansprechen? Ich zerbrach mir weiter vergeblich den Kopf, während sich draußen die Nacht langsam zurückzog.

Als ein neuer, tropisch-schwüler Tag anbrach, weckte ich Sunny und hörte mich sagen: »Das war ja eine verrückte Party! Hast du gut geschlafen?«

Sunny streckte sich und gähnte. »Hm ... ja, schon. Nur viel zu kurz.« Sie richtete sich auf und presste ihre Hände gegen die Schläfen. »Holst du uns zwei Flat White? Ich hab solche Hammer-Kopfschmerzen.«

Warum eigentlich ich?, war mein erster Gedanke, aber dann stand ich doch auf und holte meinen Geldbeutel.

* * *

»Und jetzt machen bitte alle mal Cheese!«, rief der Fotograf.

Im strömenden Regen hielt ich lachend das Schild der Reederei hoch, während Sunny neben mir eine Grimasse schnitt.

Dann durften wir an Bord gehen. Unser Boot für den Ausflug zum Great Barrier Reef war ein großer Katamaran. Unter Deck lief über zwei Bildschirme eine Diashow mit Fotos von Korallen, bunten Fischen und glücklichen Tauchern.

Sunny und ich setzten uns in die letzte Reihe. Eine große Reisegruppe asiatischer Touristen verteilte sich auf die übrigen Plätze.

»Schade, dass wir nur einen Tag am Riff sind«, sagte Sunny. »Drei Tage auf dem Segelboot wären viel schöner gewesen. Da hätten wir sogar Nacht-Tauchgänge machen können. Und ein Helikopterflug wäre auch dabei gewesen.«

»Ich weiß. Tut mir leid, aber mein Geld ist fast alle. So was kann ich mir echt nicht leisten.« Zum ersten Mal hatte ich mich Sunny gegenüber durchgesetzt, was mir ziemlich schwergefallen war.

Sie lächelte mich verständnisvoll an. »Kein Problem. Mach dir keinen Kopf deswegen. Hauptsache, wir sehen das berühmte Korallenriff. Hoffentlich wird das Wetter besser, wenn wir dort sind.«

Im tropischen Norden von Queensland war gerade Regenzeit, was sich ungefähr so anfühlte wie ein April in Deutschland, plus Dampfbad. Alle Kleider, die wir in unserem Hostel in Cairns ausgepackt hatten, waren feucht gewesen, und bei meinem Reiseführer wölbten sich sämtliche Seiten nach oben.

Die Crew traf die letzten Vorbereitungen zum Ablegen. Der Motor wurde angeworfen, und ich spürte ein Kribbeln im Bauch. Ich hatte noch nie an einem Riff geschnorchelt. Und dann auch noch zusammen mit meiner besten Freundin. Seit der Full Moon Party war ich mir allerdings nicht mehr ganz sicher, ob Sunny wirklich meine beste Freundin war. Ich war ihr gegenüber vorsichtiger geworden, wie in Alarmbereitschaft, weil ich nie wusste, was wohl als Nächstes kam.

Es ging los! Während das Boot langsam aus dem Hafen schipperte, begrüßte uns Johnny, der Tauchlehrer der Crew. Er schwärmte davon, dass wir bald die größte von Lebewesen geschaffene Struktur der Erde erleben würden, die man sogar vom Weltraum aus sehen konnte. Das 2300 Kilometer lange Ökosystem umfasste Tausende Riffe und Hunderte Inseln, die aus über 600 verschiedenen Stein- und Weichkorallen bestanden. Neben unzähligen Arten von farbenprächtigen Fischen, Weichtieren und Seesternen lebten dort auch Schildkröten, Delfine und Haie.

»Super«, flüsterte Sunny mir ins Ohr. »Mit einem Hai schwimmen war schon immer mein Traum.«

Ich musste lachen. »Das glaub ich dir sofort.«

Johnny erzählte jetzt einiges über die Fischarten am Riff und gab Sicherheitshinweise fürs Schnorcheln und Tauchen, aber ich konnte mir nicht alles merken.

Nachdem wir den Hafen hinter uns gelassen hatten, beschleunigte das Boot. Die See war heute rau. Kein Problem für den Katamaran, der auf den hohen Wellen nur so dahinritt. Mal hoben wir ein Stück ab, dann prallten wir wieder zurück auf die Wasseroberfläche.

An Bord verstummten die Gespräche. Die Leute von der Crew hielten Papiertüten hoch und liefen durch die Reihen, um sie zu verteilen. Ich nahm vorsichtshalber auch eine, mir war ziemlich flau im Magen.

»Geht's bei dir?«, fragte Sunny besorgt.

Ich nickte tapfer. »Wir sind ja bald da.«

Doch die Strecke zum äußeren Korallenriff war weiter, als ich gedacht hatte. Am liebsten wäre ich raus an die frische Luft gegangen, aber das Boot schwankte dafür viel zu stark hin und her. Außerdem regnete es nach wie vor.

Sunny, die absolut seefest war, lenkte mich ab, indem sie mir Witze erzählte. Das half tatsächlich ein bisschen. Endlich drosselte der Kapitän das Tempo. Erleichtertes Raunen an Bord, und mein Magen beruhigte sich langsam.

Sunny ging zum Fenster. »Der Regen hört auf«, verkündete sie. »Und da vorne ist eine schwimmende Plattform!«

Als wir darauf zusteuerten, wünschte uns die Crew viel Spaß beim Schnorcheln und Tauchen. Doch noch hatte ich andere Sorgen. Erst mal musste ich es die Treppe runter schaffen. Mit weichen Knien stand ich auf.

Sunny hakte sich bei mir unter. »Du schaffst das, Babe!«

»Und das ganz ohne Paul«, sagte ich grinsend. Jetzt ging es mir wieder gut. Noch ein paar Schritte, dann waren Sunny und ich sicher auf der Plattform gelandet.

Der Ponton war noch größer als unser Boot. Unter einem Sonnendach standen Tische und Bänke. Dort würde es später ein Mittagsbuffet geben, an das ich jetzt lieber nicht dachte.

»Bitte zieht alle einen Neoprenanzug an«, rief Johnny. »Der schützt euch vor der Sonne und den Quallen.«

Es war gar nicht so einfach, in den Ganzkörperanzug zu schlüpfen. Sunny und ich halfen uns gegenseitig. Dann suchten wir uns passende Schnorchelmasken und Flossen aus. Weil wir uns beeilten, konnten wir uns unten auf der Metalltreppe in aller Ruhe die Flossen anziehen.

Johnny erklärte einer ängstlichen Frau, die zum ersten Mal schnorchelte, wie man die Maske benutzte. »Setzen Sie sich einfach hin und tauchen Sie zuerst nur den Kopf ins Wasser. Und dann immer schön durch den Mund atmen.«

Ich zwinkerte Sunny zu und dachte: Wie gut, dass wir keine Anfängerinnen sind! Auf Fraser Island hatten wir das Schnorcheln schon zweimal ausprobiert.

Dann warf ich einen Blick aufs Wasser. Ganz schön hoch, die Wellen, aber auch hier gab es einen abgetrennten, sicheren Bereich, in dem wir schwimmen sollten. Als sich die Sonne zwischen den Wolken hervorstahl, pustete ich in meine Maske und setzte sie auf.

Sunny zählte: »Drei, zwei, eins …«

»Los!«

Ich stieß mich ab und sprang ins Wasser. Von einer Sekunde zur nächsten ließ ich den Lärm der Außenwelt zurück, hörte nur noch meinen eigenen, tiefen Atem – und konnte es nicht glauben. Ich hatte gedacht, dass ich erst tiefer abtauchen müsste, um die Korallen zu sehen, aber sie lagen ganz dicht unter der Oberfläche. Ein Teppich aus blauen, gelben und pinkfarbenen Korallen breitete sich unter mir aus. Grün leuchtende Papageifische zogen an mir vorbei. Ich folgte ihnen und entdeckte eine wunderschöne blaue Riesenmuschel. Bei ihr tummelten sich ein paar gelb gestreifte kleine Fische.

Dann war Sunny neben mir und zeigte in die Tiefe. Zwischen zwei Korallenhügeln stieg ein rundes, großes Tier auf. Eine Meeresschildkröte. Wie ruhig und selbstverständlich sie durchs Wasser glitt! Sie ließ sich gar nicht von uns stören. Ich war so glücklich und dankbar, sie kurz durch ihren wunderbaren Lebensraum zu begleiten.

Sunny hatte noch etwas entdeckt: einen Zackenbarsch. Ich erkannte ihn an den dunklen Punkten auf seinem silbernen Körper. Lässig schlängelte er sich zwischen Sunny und mir hindurch, mit geöffnetem Maul, als ob er sich entspannt mit uns unterhalten wollte.

Der Barsch verschwand in Richtung Meeresgrund. Dafür tauchte jetzt ein großer grün-blauer Fisch auf. Neugierig musterte er uns mit seinen hellwachen Augen. Das musste der Napoleonfisch sein, von dem Johnny vorher erzählt hatte. Er hielt sich oft in der Nähe des Pontons auf. Aber bald fand er uns nicht mehr spannend und schwamm weiter.

In dieser wunderbaren Unterwasserwelt vergaß ich das Gefühl für Raum und Zeit. Doch irgendwann hatte ich so unglaublich viel gesehen, dass ich dringend eine Pause brauchte. Ich gab Sunny ein Zeichen, dass ich auftauchen würde. Sie blieb noch unten, weil sie jede Minute auskosten wollte.

Als ich aus dem Wasser stieg und meine Flossen auszog, zitterten meine Beine. Kein Wunder bei der ganzen Aufregung. Ich zog mich um, setzte mich auf eine Bank und träumte mit offenen Augen vor mich hin. Ich war immer noch in der anderen Welt, bei den Korallen und Fischen und bei der Schildkröte, die so viel Ruhe ausgestrahlt hatte.

Um mich herum wurde es laut. Hungrige Schnorchler und Taucher stellten sich am Buffet an, beluden sich die Teller mit Meeresfrüchten, Nudeln und Salat. Ich wollte jetzt nichts essen, wollte nicht reden und neue Leute kennenlernen.

Rasch lief ich die Treppe zum Sonnendeck hoch. Dort war kein Mensch. Dichte Wolken hatten sich vor die Sonne geschoben. Es fing wieder zu regnen an. Ich setzte mich in einen Liegestuhl und genoss jeden warmen Regentropfen, der meine Haut berührte. Der Wind strich sanft durch meine Haare, ich atmete tief die salzige Meerluft ein. Als ich hinunter aufs Wasser blickte, sah ich die grün-blauen Inseln des Riffs unter der Oberfläche schimmern. Ein wunderbares Glücksgefühl erfüllte mich.

Nach einer Weile hörte ich Schritte auf der Treppe. Sunny warf sich in den Liegestuhl neben mir und stöhnte. »Ich hab im Wasser echt Platzangst gekriegt. Warum haben die bloß so ein winziges Stück Meer für uns reserviert?«

»Ich fand es wunderschön«, sagte ich leise.

»Ja, klar.« Sunny setzte ihre Sonnenbrille auf. »Trotzdem hatte ich mehr erwartet.«

Mein Glücksgefühl verflog. Warum musste sie wieder so negativ sein? Ich wollte nicht mehr neben Sunny sitzen.

Als ich abrupt aufstand und zur Treppe ging, schob Sunny ihre Sonnenbrille auf Halbmast und lächelte ironisch. »Jetzt sei doch nicht gleich beleidigt!«

Ich hatte keine Lust, darauf zu antworten.

Am Fuß der Treppe erschien Johnny. »Hallo, ihr zwei! Also wenn ihr noch was vom Buffet haben wollt, müsst ihr euch beeilen.«

Sunny stand auf und schenkte Johnny ein strahlendes Lächeln. »Danke für den Tipp. Ich komme.« Sie drängte sich an mir vorbei und lief dem Tauchlehrer entgegen.

Der Rest des Tages war nur noch halb so schön. Nach der Mittagspause ging ich ein zweites Mal schnorcheln, aber während ich durch die wunderbare Unterwasserwelt schwamm, musste ich immer wieder an Sunny denken. Wie sie es schaffte, gerade in besonderen Augenblicken die Stimmung zu verderben. Und wie sie sich dann fast zwanghaft in den Mittelpunkt rückte.

Ich kürzte das Schnorcheln ab, verließ die Plattform und setzte mich ins leere Boot. Dort flimmerte immer noch die Diashow über die Bildschirme.

Eine halbe Stunde später kamen die anderen Passagiere. Sunny tat so, als sei nichts gewesen, und erzählte irgendwas über die Lebensweise der Napoleonfische.

Auf der Rückfahrt kam auf einmal die Sonne heraus. Das Meer beruhigte sich, und der Katamaran vollführte zum Glück keine wilden Sprünge mehr.

Wir liefen im Hafen von Cairns ein. Die Crew versammelte sich lächelnd am Ausgang. Johnny gab Sunny die Hand und sagte, dass sie bald wiederkommen sollte.

»Sure«, behauptete sie und lief die Gangway hinunter, dem wartenden Fotografen entgegen, der die Kamera auf uns richtete. »Cheese, please!«

Ich wollte schnell zurück ins Hostel und gleich wieder in den Pool springen. Sunny ging schon mal voraus zum Supermarkt, wo ich sie eine halbe Stunde später vor der Kühltheke traf. Sie konnte sich nicht entscheiden, welchen Joghurt sie nehmen sollte.

»Ach, übrigens«, sagte sie beiläufig zu mir. »Ich hab dir ein Video weitergeleitet. Solltest du dir ansehen.«

»Was? Wieso?«, wollte ich wissen.

Sunny zuckte mit den Achseln. »Tu's einfach. Aber jammere mir danach nicht die Ohren voll. Ich kann's nämlich nicht mehr hören.« Sie schnappte sich einen Mangojogurt und marschierte damit zur Kasse.

Zurück im Hostel checkte ich sofort meine Handynachrichten. Ohne vorher nachzusehen, was es eigentlich war, drückte ich auf den Startpfeil.

Ein verwackeltes Bild. Lichtblitze, Lärm. Viele Menschen in einer Kneipe, dicht zusammengedrängt. Lautstarke Musik. Hektischer Kameraschwenk zur Bühne. Eine Band ganz in Schwarz, teilweise in Nebel gehüllt. Kreischende Fans. Mädchenhände, die sich der Band gierig entgegenstrecken. Wer darf auf die Bühne? Eine Schönheit mit langen, schwarzen Haaren ist die Auserwählte. Mason holt sie auf die Bühne, lacht das Mädchen an, sie soll mit ihm tanzen. Sofort ist sie dabei, genießt es voll und wirft ständig ihre langen Haare von einer zur anderen Schulter. Jetzt tanzt sie Hüfte an Hüfte mit Mason. Viel zu nah, viel zu eng. Der Song geht zu Ende. Lenny legt einen letzten Trommelwirbel hin. Das Mädchen fällt Mason um den Hals, wirft wieder ihre Haare herum. Er küsst sie auf den Mund. Cut!

Ich warf das Handy aufs Bett und mich gleich dazu. Sunny hatte recht gehabt. Sie hatte mich gewarnt, aber ich hatte es nicht wahrhaben wollen. Das Video war der Beweis. Mason hatte eine andere geküsst. Warum hatte er das getan?

Und was war mit Sunny? Sie musste extra nach einem Fanvideo gesucht haben, um mich zu quälen. Um alles noch schlimmer zu machen. Warum taten die beiden wichtigsten Menschen in meinem Leben mir so weh?

Durch die dünnen Wände des Hostels hörte ich nebenan ein paar Frauen lachen. Noch nie in meinem Leben hatte ich mich so einsam gefühlt. Ich lag da, weinte und zermarterte mir das Gehirn, was ich tun sollte. Jeden Augenblick konnte Sunny reinkommen und sich oben in unser Stockbett legen. So wie ich sie kannte, würde sie sofort seelenruhig einschlafen. Ich würde unten liegen, ihre Atemzüge hören und die ganze Nacht kein Auge zubekommen. Die Vorstellung, ihr morgen wieder beim Frühstück gegenüberzusitzen und weitere blöde Kommentare über Mason zu hören, war so schrecklich, dass mir übel wurde.

Ich brauchte dringend Abstand zu Sunny. Ich musste umziehen, in ein anderes Hostel. Es war schon spät, nach acht Uhr, aber das war mir egal. Mein Entschluss stand fest. Hastig suchte ich meine Sachen zusammen und stopfte sie in den Rucksack. Dann lief ich die Treppe runter, checkte aus und rannte raus auf die Straße. Wie durch ein Wunder lief ich Sunny nicht noch mal über den Weg.

Wohin jetzt? Ich überflog meine App, in der alle australischen Hostels verzeichnet waren. In Cairns gab es besonders viele, die tropische Stadt im Norden von Queensland ließ sich kaum ein Backpacker entgehen. Das kam mir nun zugute. In der Nähe der Night Markets fand ich ein Hostel und einen Platz in einem Vierbettzimmer.

Meine drei Mitbewohnerinnen brachen gerade ins Nachtleben

auf. »Komm mit!«, luden sie mich ein. »Wir wissen, wo Ladies Night ist.«

»Heute nicht«, lehnte ich ab. »Viel Spaß!«

Sobald sie weg waren, kippte ich meinen Geldbeutel auf den Tisch und machte einen Kassensturz. Auch das noch! Ich hatte es geahnt: Meine Ersparnisse waren fast aufgebraucht. Sie reichten vielleicht für eine Woche hier, dann hatte ich nur noch meine Reserve für Notfälle, aber die wollte ich nicht anrühren. Ich musste mich dringend um einen Job kümmern. Das hatten Sunny und ich eigentlich gemeinsam tun wollen …

Schon wieder musste ich heulen. Heute schaffte ich das nicht mehr. Es war alles zu viel gewesen. Ich ging nur noch schnell rüber zu den Night Markets und holte mir Essen von einem der chinesischen Verkaufsstände. Als ich zurückkam, hatte Sunny fünfmal versucht, mich anzurufen, und Mason hatte mir zwei Nachrichten geschickt.

Können wir heute noch telefonieren?
Meldest du dich, sweetheart?

Nein, das würde ich nicht tun. Heute schon gleich gar nicht. Wütend löschte ich die beiden Nachrichten und schrieb Sunny, dass ich in ein anderes Hostel gezogen war. Anschließend fiel ich todmüde ins Bett und schlief zwölf Stunden wie ein Stein.

Am nächsten Morgen fühlte ich mich trotzdem wie gerädert. Im Frühstücksraum des Hostels schüttete ich zwei Flat Whites mit Extrashot Espresso in mich hinein und aß eine große Portion Rühreier mit Speck und Toast. Dann hatte ich zumindest so viel Energie, um mir eine App herunterzuladen, die alle möglichen Jobs an Backpacker vermittelte. Auch einige Fruit-Picking-Jobs waren dabei, aber ich konnte erst mal keine Biofarmen finden. Erschöpft legte ich das

Handy weg, da leuchtete es auf. Masons Foto erschien auf dem Display und lächelte mich verliebt an. Das Foto hatte ich in den South Bank Parklands in Brisbane gemacht. Wie glücklich ich damals gewesen war! Und Mason doch auch, oder ...?

Ich ging dran und sagte nur: »Ja?«

»Hi Alina.« Mason klang wie immer, als ob nichts gewesen wäre. »Wie geht's dir, sweetheart? Warst du gestern viel unterwegs? Du hast dich gar nicht gemeldet.«

»Stimmt.«

»Hey, was ist los?«

Musste ich ihm das wirklich erklären?

»Hallo?«, sagte Mason lauter. »Bist du noch dran? Die Verbindung ist so schlecht.«

Ich konnte nicht mehr und legte auf. Dann leitete ich Mason den Link mit dem Fanvideo weiter.

Er rief sofort wieder an. »Alina, bitte lass mich das erklären. Ich wollte das Mädchen nur auf die Wange küssen, aber sie hat sich so schnell bewegt, dass der Kuss aus Versehen auf dem Mund gelandet ist.«

»Klar«, sagte ich trocken. Natürlich war alles nur ein doofer Zufall gewesen. Hinterher konnte man so was immer wunderbar hindrehen.

»Bitte glaub mir, Alina. Das Mädchen hat sich total an mich rangedrückt auf der Bühne. Ich wollte das nicht.«

Sagte Mason die Wahrheit? Ich wünschte es mir so.

»Alina«, hörte ich Masons warme Stimme an meinem Ohr. »Bitte vertrau mir. Ich liebe dich. Ich sehne mich jeden Tag nach dir.«

»Wirklich?«, rutschte es mir heraus.

»Ja«, sagte Mason. »Du hast meine Welt komplett auf den Kopf gestellt. Mit dir will ich zusammen sein, mit dir will ich reisen und leben und lieben.«

»Aber du bist nicht hier, du bist immer noch in Brisbane!«

»Nur noch zwei Tage, Alina. Die Gigs sind endlich vorbei. Morgen Abend ist unser letzter Auftritt. Danach setze ich mich sofort in den Bus und fahre zu dir nach Cairns – natürlich nur, wenn du einverstanden bist. Dann können wir auch noch mal in Ruhe über alles reden. Was hältst du davon?«

Auf einmal wurde mein Herz ganz leicht. Es würde alles gut werden. Mason wollte sogar den Nachtbus nehmen, um schneller bei mir zu sein.

»Hm ...«, machte ich und tat so, als ob ich mich erst zu einer Entscheidung durchringen müsste. »Also angeblich ist der Sonnenaufgang an der Bushaltestelle in Cairns besonders schön.«

WIEDERSEHEN IN CAIRNS

Sobald ich aufgelegt hatte, lief ich hoch in mein Zimmer und leerte meinen Rucksack aus. Es gab so viel zu tun bis übermorgen! Ich brachte meine Schmutzwäsche in den Waschkeller des Hostels und stopfte alles in zwei Waschmaschinen. Während sich die Trommeln drehten, machte ich eine To-do-Liste. Ich musste dringend zum Friseur und mich in Cairns umsehen. Noch mal durch die Night Markets laufen und die Souvenirstände abklappern. Zur Lagune in der Innenstadt gehen und überlegen, ob wir dort schwimmen könnten. Den Esplanade Boardwalk ablaufen und mir die schönsten Cafés merken. Wenn Mason kam, wollte ich mich auskennen und ihm alles zeigen.

Ich war so schnell, dass ich schon am frühen Nachmittag mein Programm fast komplett durchgezogen hatte. Nur die Night Markets fehlten noch, aber die machten erst später auf.

Sunny hatte mich die ganze Zeit über mit Nachrichten bombardiert. Wie leid ihr alles täte. Dass sie mich nicht hatte verletzen wollen. Dass sie mich unbedingt sehen wollte. Wo und wann wir uns treffen könnten?

Irgendwann schaltete ich mein Handy auf lautlos. Diesmal würde ich nicht nachgeben. Dafür hatte Sunny mir zu sehr wehgetan.

Trotzdem musste ich viel zu oft an sie denken. An ihr ansteckendes Lachen, ihre verrückten Einfälle, an unsere magische Partynacht auf Magnetic Island.

Aber die Sehnsucht nach Mason war noch stärker. Jetzt, wo ich wusste, dass er übermorgen kommen würde, dehnten sich die Minuten und Stunden endlos. Wie sollte ich das bloß aushalten?

Um mich abzulenken, setzte ich mich auf die Terrasse des Hostels und las ein paar Blogs von Backpackern, die Fruit Picking im Northern Territory gemacht hatten. Dort wollte ich auch hin. Alle erzählten, dass es richtig harte Arbeit auf den Feldern war, aber dass es auch Spaß machte und man Muskeln an seinem Körper entdeckte, von denen man nicht gewusst hatte, dass sie überhaupt existierten.

Ich wechselte zu den Job Boards und verschaffte mir einen ersten Überblick über die aktuellen Angebote. Mangos und Wassermelonen wurden erst ab März geerntet. Viele suchten Erntehelfer auf den Süßkartoffelfeldern, aber da musste man sich acht Stunden am Tag bücken und bekam garantiert Rückenschmerzen. Zucchinis beschrieb eine Bloggerin als »hinterhältiges Gemüse«, das einem die Beine zerstach. Dann vielleicht lieber Bananen? Die wurden das ganze Jahr über geerntet. Aber wo gab es eine nachhaltige Plantage mit Biobananen? Eine halbe Stunde später stieß ich endlich auf eine Anzeige, die vielsprechend klang. In Katherine, 300 Kilometer südöstlich von Darwin, wurden auf einer Biobananenplantage weibliche und männliche Arbeitskräfte gesucht.

In der Job-Beschreibung stand, dass die Männer das anstrengende Pflücken übernahmen und die Frauen die Bananen sortieren und verpacken sollten. Die Bezahlung war gut, ein Working Hostel gab es auch, und man konnte jederzeit anfangen. Nur zwei Bedingungen gab es: Man musste vorher einen einfachen Test machen mit Fragen zur Sicherheit und Gesundheit am Arbeitsplatz, mit dem man die Yellow Card bekam. Und man musste sich für mindestens einen Monat verpflichten. Das war ziemlich genau die Zeit, die ich für mich eingeplant hatte. Mit dem Monatslohn konnte ich danach wieder entspannt weiterreisen.

Schnell notierte ich mir die Handynummer, unter der man sich melden sollte. Ob Mason auch Lust hatte, als Erntehelfer auf die Farm zu gehen? Ich wusste, dass er mit den Band-Auftritten zwar Live-Erfahrung gesammelt, aber kaum etwas verdient hatte.

Ich wollte ihm gerade die Anzeige weiterleiten, als schon wieder eine Nachricht von Sunny kam.

Hallo Alina,
das war wirklich blöd von mir.
Bitte lass uns reden.
Können wir uns treffen?
Wann immer du willst,
Sunny

Wenigstens war sie ehrlich und gab zu, dass sie sich blöd verhalten hatte. Auf einmal bekam ich ein schlechtes Gewissen. Ich konnte Sunny das Recht nicht verwehren, sich zu verteidigen. Das hätte ich mir umgekehrt von ihr auch gewünscht.

Bevor ich es mir doch noch anders überlegte, schrieb ich zurück:

Wollen wir uns in den Night Markets treffen? Um 18:00 am Eingang zum Food Court?

Sunny schrieb nur ein Wort zurück:

DANKE!

Sie war superpünktlich und wartete schon auf mich – in ihrer gestreiften Lieblings-Tunika, die inzwischen ziemlich zerknittert war, genau wie Sunnys Lächeln. »Hallo Alina. Hast du Hunger?«

Ich schüttelte den Kopf.

»Ich auch nicht«, sagte Sunny sofort.

Wir liefen an den asiatischen All-you-can-eat-Buffets vorbei in die große Markthalle. Hier konnte man sich mit australischen Souvenirs eindecken. Es gab so ziemlich alles: Süßigkeiten, Kaffee, Tee, Schmuck, Kleidung, Kosmetik, Didgeridoos und die typischen australischen Buschhüte.

Sunny blieb an einem Stand mit Schokoladen-Koalas stehen und nahm eine Packung in die Hand. »Wenn das die echten Koalas wüssten, würden sie sich wahrscheinlich totlachen.«

»Kann sein.« Mir war nicht nach Small Talk zumute.

Schweigend gingen wir weiter. An einem Stand hingen auf Kleiderbügeln Australien-T-Shirts mit hüpfenden Kängurus, Surfbrettern oder der australischen Flagge. Auf einem T-Shirt stand *Bondi Beach*.

»Weißt du noch?«, sagte Sunny leise.

Ich nickte. Klar wusste ich das, aber ich fragte mich, wann Sunny endlich auf den Punkt kommen würde.

Als wir in die Gasse mit Silberschmuck einbogen, entdeckte Sunny einen Drehständer mit Ohrringen. Sie versetzte ihn viel zu schnell in Schwung und starrte auf den flirrenden Silberregen.

»Du hast doch gar keine Ohrlöcher«, sagte ich.

Da drehte Sunny sich zu mir um. In ihren Augen glitzerten Tränen. »Es tut mir so leid, was ich im Supermarkt zu dir gesagt hab. Und auf dem Boot war ich auch nicht gerade nett. Wir hatten so schöne Sachen zusammen erlebt, ich war so glücklich. Aber immer, wenn ich glücklich bin, denke ich, das hält nicht lange an. Gleich wird irgendwas dazwischenkommen und alles zerstören. Weil ich es nicht verdient habe, weißt du?«

»Aber warum?«

Sunny lächelte mich traurig an. »Keine Ahnung. Das war bis jetzt immer so in meinem Leben. Ich hatte einen Traum, und irgendjemand hat ihn kaputt gemacht. Andere Leute und ... manchmal auch ich selbst.«

Ein eifriger Verkäufer tauchte hinter dem Drehständer auf. »Good evening, girls! How are you?«

»Fine«, antworteten Sunny und ich automatisch.

Der Verkäufer pflückte ein Paar kitschige Kakadu-Ohrringe vom Ständer und hielt sie an Sunnys Ohren. »Perfect! Marvellous!«

»No, thanks«, sagte Sunny hastig und wandte sich ab.

Wir gingen schnell weiter. In der nächsten Gasse mit Männerkleidung sprach uns niemand an. Sunny breitete die Arme aus, als wollte sie die ganze Markthalle umarmen. »Das alles hier ist unser großer Traum von Australien! Wir haben ihn uns erfüllt, wir sind hierhergeflogen, um ihn zu teilen. Ich hatte noch nie so eine tolle Freundin wie dich, Alina. Ich will dich nicht verlieren. Kannst du mir noch mal verzeihen?«

Vor ein paar Stunden hätte ich noch ganz klar Nein gesagt, aber jetzt sah ich Sunny mit neuen Augen. Sie war verletzlicher, als ich gedacht hatte. Und es gehörte viel dazu, so mutig und ehrlich zu sein.

»Bitte überleg es dir«, murmelte Sunny. »Denk wenigstens darüber nach.«

Plötzlich wurde mir klar, dass ich sie auch nicht verlieren wollte. Mit Sunny fühlte ich mich lebendig. Sie war ein Teil von mir, meine Familie. Damals bei Sofie hatte ich so etwas nie gespürt.

Ich holte tief Luft. »Das muss ich mir nicht überlegen, Sunny. Wir vergessen das Ganze und fangen noch mal von vorne an. Aber ich bleibe in meinem Hostel. Noch mal extra umziehen ist mir zu teuer und zu stressig.«

Gerade noch war Sunnys Gesicht wie erloschen gewesen. Jetzt begann es von innen zu leuchten. »Danke, Alina! Ja, klar bleibst du in deinem Hostel, das verstehe ich. Ich kann dir gar nicht sagen, wie froh ich bin!« Sunny hakte sich bei mir unter. »Lass uns noch ein bisschen hier rumgehen, ja? Jetzt kann ich die Night Markets endlich genießen.«

»Gute Idee.«

Sunny kaufte sich ein Gläschen Honig aus dem australischen Regenwald, und ich konnte bei den Känguru-Keksen nicht widerstehen. Am Schluss unserer Shoppingtour kamen wir an einem Stand mit bunten Holzringen vorbei.

»Was meinst du?«, fragte Sunny unsicher. »Sollen wir uns Freundschaftsringe kaufen? Für unseren Neuanfang?«

Ich musste an das Armband von Sofie denken, das ich in Seven Mile Beach in den Papierkorb geworfen hatte.

»Sind wir für so was nicht längst zu alt?«, wandte ich vorsichtig ein.

Sunny musste lachen. »Du hast recht. So was brauchen wir gar nicht! Aber jetzt hab ich doch Hunger. Ich lade dich auf eine Pizza ein.«

Wir bekamen einen Pager in die Hand gedrückt, und während wir vor dem Holzofen warteten, bis die Pizza fertig war, erzählte ich Sunny von der Anzeige der Bananenfarm.

Sunny war sofort hellauf begeistert. »Da komme ich mit! Hast du schon zugesagt? Nein? Dann mach das sofort.«

Das war wieder typisch Sunny. Ich kannte niemanden, der so spontan war wie sie. Aber würde es gut gehen? Was war, wenn Sunny auf der Farm plötzlich wieder in ein tiefes Loch fiel? Oder wenn irgendwas anderes passierte, das sie aus der Bahn warf?

»Äh … das geht mir ein bisschen zu schnell«, bremste ich sie.

Sunny zog irritiert die Augenbrauen hoch. »Verstehe ich nicht. Willst du warten, bis andere Backpacker dir den Job vor der Nase wegschnappen?«

»Nein, natürlich nicht. Aber ich wollte mich noch mal in Ruhe informieren. Und warten, bis … also, bis Mason nach Cairns kommt.«

Unser Pager fing an zu brummen. Hektisch blinkte das rote Warnlämpchen.

Sunny ignorierte es. »Das glaub ich jetzt nicht! Er knutscht fremd, und du lässt dir das gefallen? Du lädst ihn auch noch ein, hierherzukommen? Was soll das werden? Ein flotter Dreier mit dem Groupie?«

»Er hat es mir erklärt. Es war alles ganz anders. Da läuft nichts mit dem Mädchen. Mason liebt mich.«

Sunny schnaufte. »Und du glaubst ihm. Wie naiv bist du eigentlich? Er wird dich bei der nächsten Gelegenheit wieder betrügen.«

»Wird er nicht!«

Sunny schnappte sich wütend den Pager. »Arme Alina! Du bist viel zu gut für diese Welt – und für Mason. Aber es ist deine Entscheidung. Da mische ich mich nicht ein.«

Hatte sie das nicht gerade eben getan? Ich biss mir auf die Unterlippe und sagte lieber nichts. Ein neuer Streit mit Sunny war das Letzte, das ich jetzt wollte. Aber als sie mit dem Pager davonmarschierte, war ich mir auf einmal nicht mehr sicher, ob es richtig gewesen war, mich sofort wieder mit ihr zu versöhnen.

Meine Mitbewohnerinnen schliefen noch tief und fest, als ich mich anzog und am Waschbecken die Zähne putzte. Leise zog ich die Tür hinter mir zu und verließ das Hostel, sicherheitshalber mit Schirm, denn der nächste Regenschauer kam bestimmt.

Cairns am frühen Morgen ist der ruhigste Ort, den man sich vorstellen kann. Keine Autos, keine Fußgänger, und die Ampeln schalten ganz umsonst von Rot auf Grün. Den Weg zum Coach Terminal hatte ich mir nur einmal kurz eingeprägt. Cairns sieht auf dem Stadtplan wie ein Schachbrett aus. Die Straßen biegen grundsätzlich im rechten Winkel ab. Nicht mal Sunny hat hier eine Chance, sich zu verlaufen.

In zwanzig Minuten kam Masons Bus an! Ich freute mich so sehr auf ihn und malte mir aus, wie unser Wiedersehen nach über einem Monat werden würde. Sollte ich ihn gleich küssen? Nein, lieber nicht. Erst mussten wir noch mal über das Konzert und das schwarzhaarige Mädchen reden. Und ob es noch andere aufdringliche Groupies gab, die mit Mason auf Tuchfühlung gehen wollten.

Viel zu schnell war ich am Ziel. Noch zehn Minuten. Ich suchte die richtige Plattform und lief nervös auf und ab. Hatte ich mir auch wirklich die richtige Zeit gemerkt? Vorsichtshalber checkte ich noch mal auf dem Handy den Fahrplan. Ja, alles gut.

Und endlich war es so weit. Pünktlich auf die Minute steuerte der Fernbus den Terminal an. Die Vordertür ging zischend auf und die ersten Backpacker stiegen aus. Verschlafen, gähnend, einige hatten noch ihr Nackenkissen um den Hals. Aber wo war Mason? Ich stellte mich auf die Zehenspitzen, konnte ihn nicht entdecken. Der Busfahrer machte das Gepäckfach auf. Jeder suchte seinen Rucksack und bald waren so viele Leute auf dem Gehsteig, dass ich den Überblick verlor.

»Alina!«, hörte ich plötzlich jemanden rufen.

Mason kam, bepackt mit Rucksack und Gitarrentasche, auf mich zu. Eine schwarze Haarsträhne fiel ihm ins Gesicht. Mein Herz machte einen Sprung. Zwischen Koffern, Rucksäcken und Reisetaschen fielen wir uns in die Arme und küssten uns. Zärtlich, immer wieder.

»Muss Liebe schön sein«, sagte jemand neben uns. Und dann jemand anderer: »Ihr steht ziemlich im Weg.«

»Sorry!« Mason lachte, ließ mich kurz los und nahm meine Hand. »Komm, lass uns irgendwohin gehen, wo nicht so viel los ist.«

Zum Glück hatte ich mir schon vorher was überlegt, denn jetzt hätte ich keinen klaren Gedanken fassen können.

»Gleich in der Nähe ist der Fogarty Park«, schlug ich vor.

Hand in Hand überquerten wir die Straße, bogen einmal rechts ab, und dann begann auch schon der Park mit der großen grünen Wiese.

»Jetzt merke ich erst, wie sehr du mir gefehlt hast«, seufzte ich.

»Du mir auch, sweetheart«, flüsterte Mason in mein Haar hinein. »Du warst beim Friseur, oder? Stehen dir gut, die kürzeren Locken.«

Ich freute mich, dass es ihm sofort aufgefallen war.

Wir suchten uns eine Bank, wo Mason sein schweres Gepäck ablegen und wir uns aneinanderkuscheln konnten. Ich legte meinen Kopf auf Masons Schulter und er fing an zu erzählen. Von den Konzerten, dem Lampenfieber, dem überraschenden Erfolg. Dass jedes Mal mehr Leute gekommen waren und total begeistert gewesen seien. Und dass es ein wunderbares Gefühl sei, mit der eigenen Musik die Menschen zu berühren.

»Darum geht es mir, Alina«, sagte Mason voller Leidenschaft. »Das Mädchen hätte ich sofort wieder vergessen, wenn ihre Freundin nicht dieses blöde Fanvideo ins Netz gestellt hätte.«

»Mich hast du nicht vergessen?«, fragte ich leise.

»Keine Minute, keinen Tag und keine Nacht.« Mason nahm mein Gesicht in seine Hände und küsste mich.

Und ich küsste ihn.

Als ich die Augen wieder aufschlug, kitzelte die Morgensonne meine Nase. Unfassbar! Ich hatte den Sonnenaufgang verpasst. Langsam belebte sich der Park. Die ersten Läufer kamen zum Frühsport vorbei.

»Hast du eigentlich schon was vor für den Februar?«, fiel mir ein.

Mason schüttelte den Kopf. »Nein, wieso? Das heißt, doch ... schon. Ich müsste dringend noch ein bisschen Geld verdienen. Auch wenn das jetzt leider ziemlich unromantisch klingt.«

Verschmitzt zwinkerte ich ihm zu. »Finde ich gar nicht. Du könntest mitfahren nach Katherine, ins Northern Territory, auf eine Biobananenfarm.«

Ich erzählte ihm von der Job-Anzeige.

»Klingt super. Ich wollte mir sowieso ein paar Muskeln für dich antrainieren.« Mason lachte mich an, doch dann runzelte er die Stirn. »Mitfahren? Also ist Sunny auch dabei?«

Ich nickte. »Ja. Aber sie ist viel offener als früher. Wir hatten ein paar Probleme, aber sie hat sich bei mir entschuldigt. Ich hab ein gutes Gefühl dabei.« Während ich sie verteidigte, verschwanden die Zweifel, die ich gestern noch gehabt hatte.

Mason drückte mich an sich. »Na, wenn du das sagst ... Also gut. Fahren wir zu dritt nach Katherine. Ich freu mich darauf, noch mal eine ganz andere Gegend von Australien kennenzulernen.«

»Super! Ich freu mich auch.«

Eine Seniorengruppe mit Yogamatten unter dem Arm lief an unserer Bank vorbei. Mitten auf der Wiese rollten sie ihre Matten aus und machten Tai-Chi. Streckten die Arme aus und führten sie in Zeitlupe vor ihren Körper. Öffneten die Arme wieder. Es sah aus, wie wenn ein großer Vogel seine Flügel ausbreitet. Ganz ohne Musik fand die Gruppe einen gemeinsamen, fließenden Rhythmus. Ich lehnte mich an Mason und wurde auf einmal ganz ruhig. Wir gehörten zusammen. Jetzt konnte uns nichts mehr trennen.

* * *

Drei Tage später kettete Sunny den Einkaufswagen los und steuerte ihn durch den Nieselregen zum Eingang des riesigen Supermarkts. »Zeig doch noch mal unsere Liste, Alina. Was brauchen wir alles? Wir dürfen nichts vergessen, wenn wir eine Woche im Outback unterwegs sind.«

»Keine Sorge«, sagte Mason. »Zur Not können wir unterwegs auch noch was besorgen. In Coles Mount Isa zum Beispiel. Das liegt auf halber Strecke.«

Sunny lächelte. »Danke, dass du dich schon mal informiert hast.«

»Hab ich gern gemacht.«

»Das hilft uns natürlich sehr.«

Mason und Sunny waren extra freundlich zueinander. Obwohl auch Sunny nicht gerade begeistert gewesen war, zu dritt mit dem Auto nach Katherine zu fahren, ließ sie sich Mason gegenüber nichts anmerken. Sunny hatte sogar selber vorgeschlagen, die rund 2500 Kilometer auf fünf Tagesetappen aufzuteilen. Es würde eine entspannte Fahrt werden – und nebenbei hatten meine Freunde die Gelegenheit, sich endlich näher kennenzulernen.

»Alina?!« Sunny wedelte mit beiden Händen vor meinem Gesicht herum. »Träumst du schon mit offenen Augen von Bananen?«

Ich musste lachen. »Entschuldige, ich hab nur daran gedacht, wie toll es ist, dass wir alle drei einen Job auf der Plantage bekommen haben. Der Farmer klang richtig nett am Telefon. Aber du wolltest die Einkaufsliste.« Rasch zog ich den Zettel aus meinem Rucksack und überflog ihn. »Also was Australier immer zuerst besorgen, ist Eis für den Esky. So nennen sie hier die Kühlbox.«

Mason grinste. »Dann mal los! Für gekühlte Getränke auf der Fahrt bin ich immer zu haben.«

Nachdem wir einen großen Sack Eiswürfel für unsere Kühlbox in den Einkaufswagen gelegt hatten, deckten wir uns mit Toastbrot, Konserven, Obst, Bier und jeder Menge Mineralwasser ein.

Dann bog Sunny zu den Regalen mit Süßigkeiten ab. »Keksriegel brauchen wir unbedingt auch noch. Ihr wisst schon, die berühmten australischen, die mit Schokolade überzogen sind. Wie heißen die gleich noch mal?«

Ein Handy klingelte. Reflexartig griffen wir alle drei zu den Taschen unserer Regenjacken.

»Ich glaube, das ist meins«, sagte Mason. »Bin gleich wieder bei euch.« Er verschwand im Gang mit den Haushaltswaren. »Hi! Das ist ja eine Überraschung. Nein, du störst überhaupt nicht.« Wir hörten ihn lachen.

Es musste jemand sein, den er mochte, das merkte ich sofort an seiner Stimme. Ich wollte nicht lauschen und ging schnell weiter. Trotzdem bekam ich noch alles mit.

»Ja, das kann ich mir richtig gut vorstellen!«, sagte Mason amüsiert. »Musst du mir unbedingt zeigen, wenn wir uns wiedersehen.« Er machte eine Pause. »Mir geht's gut. Ich bin noch in Cairns. Ja, ich melde mich heute Abend.« Wieder kurze Pause. Dann: »Ich dich auch. Tschüss!«

Sunny zischte mir zu: »Wenn das mal kein Flirt war! Wetten, er hat schon wieder das nächste Mädchen an der Angel?«

»Das glaub ich nicht«, flüsterte ich.

»Du wirst schon sehen.« Sunny hatte die australischen Schokokekse gefunden und warf drei Packungen in den Einkaufswagen.

Da tauchte Mason wieder auf. »Alles klar«, verkündete er gut gelaunt. »Lass mich mal den Wagen schieben, Sunny. Der ist ganz schön schwer geworden.«

Mit keinem Wort erwähnte er, wer angerufen hatte. Normalerweise hätte ich mir nichts dabei gedacht, wenn seine Stimme nicht so liebevoll und warm geklungen hätte – genau wie bei mir, wenn er was besonders Nettes zu mir sagte. Oder bildete ich mir das nur ein?

Ich nahm mir fest vor, Mason am Abend darauf anzusprechen.

Jetzt hatten wir erst mal alle Hände voll zu tun, um den Großeinkauf ins Auto zu verfrachten und zu Sunnys Hostel zu fahren. Dort wollten wir die Sachen im Kühlschrank zwischenlagern und morgen ganz früh starten.

Zu dritt war die Aktion bald erledigt. Ich warf einen Blick auf meine Armbanduhr. »Was haltet ihr davon, wenn wir uns in einer Stunde zum Essen treffen? Dann kann jeder in seinem Hostel in Ruhe packen.«

Mason, der zwei Straßen weiter wohnte, nickte. »Guter Plan. Bis später!«

Wir verabredeten uns in einem Burger-Restaurant. Mason gab mir einen schnellen Kuss auf den Mund und ging los.

Ich hatte die weiteste Strecke zu meinem Hostel, also musste ich mich beeilen. Meine Sachen hatte ich schnell gepackt, aber ausgerechnet heute gab es eine lange Schlange an der Rezeption. Nach einer gefühlten Ewigkeit kam ich endlich dran. Danach lief ich, so schnell es mit meinem großen Rucksack und dem kleinen Rucksack vor dem Bauch ging, zu unserem Treffpunkt.

»Tut mir leid, dass ich zu spät bin«, entschuldigte ich mich.

»Kein Problem«, sagte Sunny, die für uns auf der Terrasse einen Tisch freigehalten hatte. »Mason ist auch noch nicht da. Du hast übrigens vorhin deine Regenjacke bei mir vergessen. Ich hab sie dir mitgebracht.«

»Super, danke!« Ich bestellte eine Cola mit Eis, und wir vertieften uns in die Speisekarten. Das dauerte, weil Sunny sich mal wieder nicht entscheiden konnte, welchen der zwei Veggie-Burger sie nehmen sollte.

»Darf's bei euch schon was sein?«, fragte uns die Bedienung.

»Wir warten noch auf einen Freund«, sagte Sunny.

Langsam wurde ich nervös. »Wo bleibt Mason denn?« Über eine halbe Stunde war inzwischen verstrichen.

Sunny verzog spöttisch die Mundwinkel. »Tja, Musiker sind nie besonders zuverlässig, oder?«

Das stimmte nicht. Bis jetzt war Mason immer pünktlich gewesen. Irgendetwas Wichtiges musste ihn aufgehalten haben.

Ich rief ihn an, aber er ging nicht ans Handy. Wir warteten eine weitere halbe Stunde. Ich rief noch mal vergeblich an. Jetzt machte ich mir ernsthaft Sorgen. »Hoffentlich ist ihm nichts passiert! Lass uns zu seinem Hostel gehen.«

Sunny seufzte. »Na gut. Ich komme natürlich mit.«

Wir bezahlten unsere Getränke und machten uns auf den Weg.

Der Backpacker an der Rezeption von Masons Hostel war hilfsbereit. Ich zeigte David ein Handyfoto von Mason.

»Ach ja, der sympathische Musiker mit der Gitarre«, erinnerte sich David. »Der hat vor einer Stunde ausgecheckt.«

David machte Witze. Oder er hatte was verwechselt. »Das kann nicht sein«, sagte ich. »Bitte sieh noch mal im Computer nach.«

»Das wird nicht viel bringen. Mason hat bei *mir* ausgecheckt. Wir haben uns noch nett unterhalten und dann musste er los.«

»Wohin?«, fragte Sunny sofort.

David zuckte mit den Achseln. »Das hat er mir leider nicht verraten.«

»Aber das ... das *kann* nicht sein«, murmelte ich immer wieder, während Sunny beruhigend auf mich einredete und mich zum Ausgang brachte.

Ich war wie betäubt, bis mir die rettende Idee einfiel. Mason hatte mir bestimmt geschrieben! Doch da war nur eine Nachricht von Eugenie auf meinem Handy. Die wollte sich endlich mal wieder bei mir melden.

»Das gibt's doch nicht!«, rief ich verzweifelt. Fieberhaft öffnete ich meine App mit den Chats, suchte und suchte ...

Sunny sah mich erschrocken an. »Was ist? Du bist ja ganz blass.«

Ich hielt ihr mein Handy hin. »Mason … er … hat unseren kompletten Chat gelöscht!«

»Alina, das tut mir so leid!«, sagte Sunny. »Komm her!«

Ich fiel in ihre Arme und endlich konnte ich weinen.

DAS LEBEN GEHT WEITER

Zwei Stunden vor Tagesanbruch verließen wir Cairns. Sunny und ich beluden unser Auto, füllten den Tank randvoll und nahmen zusätzlich einen Kanister Benzin mit, weil es auf der Strecke kaum Tankstellen gab. Sunny bestand darauf, als Erste zu fahren.

»Das ist sonst viel zu gefährlich«, sagte sie auf meinen schwachen Protest hin.

Zuerst ging es auf dem Bruce Highway in Richtung Südwesten. Wir drehten das Radio auf und hörten klassische Klaviermusik. Sunny versuchte mich zu trösten, war total lieb zu mir und versorgte mich mit Papiertaschentüchern. Eine Stunde später, als wir die Atherton Tablelands erreichten, hatte ich mich leer geweint und spürte nur noch einen dumpfen Schmerz tief in mir.

Ich war so gespannt auf das grüne Hochland hinter Cairns gewesen, das die Leute in den Blogs mit Irland verglichen. Jetzt war die hügelige, grüne Landschaft in schwarze Nacht getaucht, und ich vermisste nichts. Irgendwo da draußen mussten Kühe auf den Weiden sein. Tagsüber grasten sie und nachts ruhten sie sich aus. Ich dagegen war hellwach, als ob ich ein Aufputschmittel genommen hätte.

»Versuch ein bisschen zu schlafen«, sagte Sunny. »Ich weck dich dann, wenn die Sonne aufgeht und du mich ablösen kannst.«

Ihr zuliebe machte ich die Augen zu, aber dadurch wurde es nur noch schlimmer. Immer wieder zerbrach ich mir den Kopf darüber, was passiert sein mochte. Warum war Mason so plötzlich abgereist? Es musste mit dem Anruf zu tun haben, den er im Supermarkt bekommen hatte. Ein Anruf von einer Frau, zu der er jetzt gerade fuhr? Zu einer Frau, die er liebte. Der er die gleichen Komplimente wie mir gemacht hatte – mit einem großen Unterschied: Bei mir hatte er gelogen und bei ihr nicht.

Je länger ich mir die wahre Geschichte ausmalte, umso mehr quälte ich mich. Wie hatte ich mich nur so sehr in Mason täuschen können?

»Woran denkst du?«, fragte Sunny leise, die natürlich merkte, dass ich nicht schlief.

Ich stöhnte und machte die Augen wieder auf. »Ich bin mir so sicher gewesen, dass seine Liebe echt ist.«

Sunny legte die Hände fester ums Steuer. »Es gibt Menschen, die Liebe vortäuschen können. Das hab ich selber erlebt.«

»Mit Moritz?«, fragte ich vorsichtig und hoffte, dadurch nicht eine Wunde wieder neu aufzureißen.

»Nein.« Sunny schaltete die Scheibenwischer ein. Regen trommelte auf unser Autodach. Es war immer noch dunkel draußen. »Bei Moritz war es wirklich Liebe«, erzählte Sunny, »aber in der Schule hab ich einen Schlagzeuger kennengelernt. Dominik. Es war ein Spiel für ihn. Mich glauben zu machen, dass ich die Traumfrau bin, auf die er ...« Sunny brach plötzlich ab. »Das ist lange her und nicht so wichtig. Jetzt geht es um dich. Ich wünsche dir so, dass es dir bald wieder besser geht. Vielleicht hilft dir ja das Schreiben, um über Mason hinwegzukommen. Schreib über unsere Fahrt hier! Irgendwann wird die Erinnerung an Mason verblassen, du wirst ihn vergessen.«

Wenn das so einfach ginge mit dem Vergessen, dachte ich. Meine einzige Hoffnung war, dass die Arbeit auf der Bananenfarm richtig hart sein würde. Dass die körperlichen Schmerzen die anderen Schmerzen überlagerten. Wenn wir nur schon in Katherine gewesen wären! Die lange, eintönige Fahrt war Gift für mein Gehirn. Ich würde viel zu viel Gelegenheit zum Grübeln haben. Und wie sollte ich es schaffen, Mason nicht mehr anzurufen? Vor der Abfahrt hatte ich es noch dreimal versucht, aber dann hatte er sein Handy ausgeschaltet.

Ich zwang mich, bei der Klaviermusik zuzuhören, während langsam die Dämmerung einsetzte und ein neuer Tag anbrach. Die Landschaft draußen war wirklich sehr grün. Wiesen und Felder flogen an uns vorbei. Dann ging es einen Berg hoch.

Oben auf der Anhöhe setzte Sunny den Blinker. Ich vermutete, dass ich sie ablösen sollte, aber sie hatte andere Pläne. »Tut mir leid, Alina, hier können wir nicht einfach vorbeifahren, das müssen wir uns ansehen.«

»Was denn?«, fragte ich.

»Verrate ich dir, wenn wir da sind.«

Kurz darauf fuhr Sunny auf einen Parkplatz, stieg aus und streckte sich. »Komm!«, sagte sie. »Hier geht's lang.«

Wasserfall-Rundweg las ich auf einem Schild. »Sag bloß, wir sind in Millaa Millaa?«

Sunny nickte. »Wir lassen uns doch wegen Mason nicht den schönsten Wasserfall Australiens entgehen!«

Sunny hatte wieder mal recht. Der Anblick war wirklich traumhaft. Nebelschwaden umhüllten die tropischen Baumfarne. Aus zwölf Metern Höhe rauschte der Wasserfall in einen See. Weil wir so früh dran waren, hatten wir ihn ganz für uns alleine.

»Hier kann man auch baden.« Sunny streckte ihren Zeh ins Wasser, zog ihn aber gleich wieder zurück. »Brr, eiskalt!«

Die Natur war Balsam für meine Seele. Am liebsten wäre ich

einfach hiergeblieben, aber wir mussten weiter. Ich setzte mich ans Steuer und fuhr los.

Hallo ihr Lieben,
heute erzähle ich euch von meiner ersten langen Autofahrt durchs Outback. Rund 2500 Kilometer sind es von Cairns bis Katherine. Fünf Tage hatten meine Freundin und ich dafür eingeplant und am Anfang dachte ich, das wird total entspannt. War es definitiv nicht. Von früh bis spät im Auto zu sitzen und fast immer schnurgeradeaus zu fahren ist anstrengend. Die Hitze hatten wir auch unterschätzt. Trotz Klimaanlage macht sie einem ganz schön zu schaffen. Aber es hat sich auf jeden Fall gelohnt, weil mir zum ersten Mal so richtig klar wurde, *wie* riesig Australien ist.
Nach unserem kurzen Zwischenstopp beim Millaa-Millaa-Wasserfall war ich gespannt, wie sich die Landschaft verändert. Ich hatte mir das Outback sehr trocken vorgestellt, fast ohne Bäume, aber das stimmt nicht. Manchmal gab es neben der Straße tatsächlich kaum Vegetation, aber dann wurde es wieder grüner. Mal haben wir wenige Bäume gesehen, mal richtig viele. Mich hat vor allem die unglaubliche Weite der Landschaft beeindruckt, der endlose, flirrende Horizont. Und der Sternenhimmel ist unglaublich schön.
Tieren sind wir auch begegnet, vor allem Rindern, die oft frei herumlaufen. Adler haben am Himmel ihre Kreise gezogen. Einmal sind ein paar Kängurus vor uns über die Straße gehüpft. Zum Glück haben wir sie rechtzeitig gesehen.
Kilometerlang waren wir alleine auf der Straße, bis uns plötzlich wieder ein riesiger Roadtrain mit drei oder vier Anhängern entgegenkam und eine rote Staubwolke aufgewirbelt hat.
Zum ersten Mal war ich wirklich weit weg von der Zivilisation. Unterwegs gab es nur vereinzelt ein paar Dörfer. Dort leben viele Aborigines, die traurig vor den Tankstellen und Geschäften herumsaßen.

Die einzige größere Stadt auf der Strecke ist Mount Isa. Sie liegt im Nordwesten von Queensland und ist vom Bergbau geprägt. Hier wird unter anderem Kupfer abgebaut.
Übernachtet haben wir meistens in Road Houses. Das sind einfache Motels, aber am Abend waren wir immer total glücklich, uns den Straßenstaub abduschen zu können und in einem sauberen Bett zu schlafen.
Am meisten hatte ich Angst vor einer Reifenpanne oder dass irgendwas anderes an unserem Auto kaputtgeht, aber das ist uns erspart geblieben. Das Benzin hat auch gereicht. Nur einmal, als wir aus einer Raststätte rausgehen wollten, hat meine Freundin die Glastür übersehen und ist dagegengerannt. Ihre Stirn hat leicht geblutet, und es kamen sofort Australier angerannt, die ihr supernett geholfen haben. Sie wollten auch einen Arzt rufen, aber so schlimm war es zum Glück nicht. Bis auf eine kleine Beule sieht man jetzt gar nichts mehr.
Eine Stunde vor Katherine haben wir dann noch mal einen Zwischenstopp eingelegt. In Mataranka gibt es heiße Thermalquellen. Die heißen Bitter Springs, weil das Wasser Schwefel enthält. Es war ein tolles Gefühl, sich in dem warmen Fluss treiben zu lassen und ein paar Hundert Meter durch den Dschungel zu schwimmen. Dort gab es nur leider viele Buschfliegen. Die stechen zwar nicht, aber sie versuchen in Nase und Ohren reinzufliegen, was ziemlich unangenehm ist.
Jetzt sind wir kurz vor Katherine. Dort werden wir einen Monat auf einer Bananenplantage arbeiten. Mein erster Farmjob! Das wird eine ganz neue Erfahrung sein nach dem Reisen.
Bis bald, ihr Lieben!

* * *

Nach 14 Tagen auf der Bananenfarm hatte sich meine innere Uhr umgestellt. Ich wachte von selbst auf, noch vor dem Wecker, und dachte sofort an Mason.

»Stopp!«, befahl ich meinem Gehirn und sah mich im Zimmer um. Klara und Marie hatten ihre Sachen wieder mal überall auf dem Boden verstreut, aber ansonsten waren sie nett. Sunny und ich teilten uns mit den beiden Deutschen einen kleinen Bungalow im Working Hostel.

Ich stand als Erste auf und zog mich schnell an. Von gestern tat mein Rücken noch weh. Trotzdem freute ich mich auf den Tag. Die harte Arbeit war das Beste, was mir passieren konnte.

Jetzt klingelte der Wecker. Klara und Marie machten sich auch fertig. Nur Sunny blieb bis zur letzten Minute liegen.

»Mach schnell«, sagte ich zu ihr. »Der Bus kommt gleich.«

»Du nervst!«, antwortete Sunny. Aber irgendwie schaffte sie es, doch noch rechtzeitig aus den Federn zu kommen.

Eine halbe Stunde dauerte die Fahrt bis zur Plantage. Die Sonne brannte jetzt schon. Es würde wieder ein heißer, schwüler Tag werden und zwischendurch regnen. Wir hatten immer noch die wet season.

In der großen Halle wartete Ming auf uns, die Vorarbeiterin. »Sunny, Alina, ihr fangt heute am Fließband an.«

»Na super«, murmelte Sunny.

Ich warf ihr ein Paar neue Handschuhe zu. »Na komm. Denk an die gute Bezahlung.«

»Ganz toller Tipp, danke«, sagte Sunny. Heute war sie noch schlechter gelaunt als gestern. Das konnte ja heiter werden.

Die ersten Bananen, frisch von der Staude, fielen in losen Bündeln aufs Band. Unsere Aufgabe war es, so schnell wie möglich die guten von den schlechten zu trennen und in ordentliche Reihen zu legen, bevor sie verpackt wurden.

Das erinnerte mich an meine Grundschulzeit. In meiner Pausenbox war oft eine Banane und die musste perfekt sein: ohne dunkle Stellen, im richtigen Winkel gebogen und nicht zu matschig. Damals hätte ich nicht gedacht, dass mir mein Bananen-Tick später mal nützlich werden könnte.

Ich konzentrierte mich auf die Arbeit: Bananen prüfen, in die Hand nehmen, aussortieren. Prüfen, nehmen, sortieren. Und das Ganze wieder von vorne, immer weiter und weiter. Das Fließband gab das Tempo vor und ich reagierte.

Zwischendurch kam Miles vorbei, einer der beiden Chefs der Plantage, und sah mir über die Schulter. »Sehr gute Arbeit. Wie heißt du?«

Ich nannte ihm meinen Namen.

»Alina«, wiederholte Miles. »Super. Mach weiter so.« Er wurde von einem Mitarbeiter gerufen, der wissen wollte, wo der organische Pflanzendünger war. »Ich zeig's dir«, sagte Miles und verließ eilig die Halle.

Ich freute mich über das Lob. So furchtbar monoton war die Arbeit gar nicht, dachte ich. Irgendwie hatte sie auch was Meditatives. Und wenn man richtig drin war, verschwammen Raum und Zeit.

Als die Glocke zur ersten Pause läutete, war ich überrascht. Schon zweieinhalb Stunden vorbei? Heute war es mir viel kürzer vorgekommen.

Wir gingen raus aus der Halle und liefen zur Plantage rüber. Bis zum Horizont erstreckten sich endlose Reihen von Bananenpflanzen. Von unserem Platz aus konnten wir die Männer sehen, die hier am schwersten schufteten. Junge Backpacker liefen durch die Reihen und schlugen mit einer Machete in den Stamm. Wenn er sich langsam zur Erde neigte, trennten sie den Strunk oberhalb der Bananen durch. Danach luden sie sich das riesige Bananenbündel auf die

Schulter und brachten es zum Anhänger, wo sie das 60 Kilo schwere Teil abluden.

Sunny nahm einen Schluck aus ihrer Wasserflasche. »Wusstest du, dass sich in den Stauden nicht nur Schlangen, Spinnen und Ratten verstecken, sondern manchmal auch Fledermäuse? Die können Tollwut übertragen. Wenn du gebissen wirst, fahren sie dich sofort ins Krankenhaus, wo du eine Spritze bekommst, die ...«

»So genau wollte ich es gar nicht wissen«, unterbrach ich sie und verscheuchte ein paar lästige Fliegen, die sich über mein Sandwich hermachen wollten.

Doch Sunny fing gerade erst an. »Und Marie hat erzählt, dass letzten Monat ein junger Franzose von einer Schlange gebissen wurde. Den haben sie mit dem Helikopter nach Cairns geflogen, weil es nur da das Gegengift gab. Er hat es überlebt.«

»Zum Glück muss Mason das jetzt nicht machen, ich hätte ständig Angst um ihn gehabt!«

»Das glaub ich jetzt nicht!«, regte Sunny sich auf. »Du verteidigst ihn immer noch, nach allem, was er dir angetan hat.«

Ich aß schnell mein Sandwich auf und schwieg. Ja, ich ärgerte mich über mich selber, aber ich konnte meine Gefühle nicht einfach so abstellen. Dass ich jeden Tag mindestens einmal checkte, ob Mason online war und noch lebte, hatte ich Sunny gar nicht erst erzählt.

»Alina, Sunny, kommt ihr wieder rein?«, rief Ming ungeduldig. »Es geht weiter.«

In der zweiten Arbeitseinheit sollten wir heute die Bananenkisten packen. Jede Kiste musste 13 Kilo wiegen. Obendrauf kam ein Ticket mit dem Namen unserer Farm und einer fortlaufenden Nummer. Meine Tickets waren blau und die von Sunny grün. So konnten die Chefs am Ende des Tages sehen, wer wie viele Kisten gepackt hatte.

Klara, die auch in unserer Gruppe war, zwinkerte uns zu. »Sollen wir wieder einen Wettbewerb machen, wer heute am meisten schafft?«

»Klar«, sagte ich sofort, während Sunny die Augen verdrehte.

»Aber du warst doch erst gestern die Schnellste«, motivierte ich sie.

»Purer Zufall«, behauptete Sunny, machte dann aber doch mit.

Wir legten los. Ich war ziemlich gut, bis mir erst eine kleine Spinne entgegenkrabbelte und dann auch noch ein grüner Frosch auf den Kopf hüpfte. Schnell schüttelte ich ihn ab und war stolz auf mich, dass ich nicht gleich panisch wurde. Aber meinen Vorsprung verlor ich dadurch leider. Und Sunny stellte mit 49 Kisten in einer Stunde einen neuen Rekord auf. Als wir sie gerade hochleben ließen, kam Ming in die Halle.

»An eurer Stelle würde ich nicht lachen«, sagte sie säuerlich. »Ich habe heute eine E-Mail bekommen, von der Supermarktkette, die wir beliefern. Die haben sich über falsch gepackte Bananenkisten beschwert.«

Klara strich sich eine verschwitzte Haarsträhne hinters Ohr. »Das kann doch mal passieren, oder?«

»Aber nicht dreimal hintereinander.« Ming zeigte uns die ausgedruckte E-Mail, an der Fotos angehängt waren – mit offenen Bananenkisten, auf denen grüne Tickets klebten.

Ming sah Sunny streng an. »Du musst dir mehr Mühe geben. Pass besser auf. So was darf nicht wieder vorkommen, hast du mich verstanden?«

Sunny verschränkte die Arme vor der Brust und sagte kein Wort. Als Ming die Halle verlassen hatte, pfefferte Sunny ihre Handschuhe auf den Boden. »Mir reicht's für heute. Ich brauche dringend frische Luft.«

»Das kannst du nicht bringen«, warnte ich sie. »Du hast doch schon letzte Woche zweimal blaugemacht.«

Wütend drehte Sunny sich zu mir um. »Und ob ich das kann! Das siehst du doch.« Mit hoch erhobenem Kopf marschierte sie aus der Halle.

Klara sah mich erschrocken an. »Ist deine Freundin eigentlich immer so impulsiv?«

»Manchmal schon«, murmelte ich, nahm mir eine leere Kiste und sortierte Bananen hinein. Ich gab mir besonders viel Mühe dabei, als ob ich dadurch Sunnys Fehler wiedergutmachen hätte können.

Den restlichen Tag über war ich so eingespannt, dass ich weder an Sunny noch an Mason denken konnte.

Müde, erschöpft und verschwitzt setzte ich mich abends in den Bus. Genau zur rechten Zeit bog Sunny pfeifend um die Ecke. Als sie sich auf den Sitz neben mich fallen ließ, fragte sie mich spöttisch: »Na, hat die Arbeit Spaß gemacht, Streberin?«

JA ODER NEIN

In der dritten Woche war plötzlich Schluss mit der Arbeit in der Halle. Ming verkündete uns, dass wir ab heute draußen auf dem Feld gebraucht wurden. Roy würde uns alles zeigen. Wir sollten gleich mit ihm mitgehen.

»Auch das noch«, murmelte Sunny.

Wir waren alle nicht gerade begeistert, die schöne schattige Halle gegen einen Arbeitsplatz in der prallen Sonne auszutauschen. Schnell setzten wir uns Hüte auf, nahmen unsere Wasserflaschen mit und folgten dem Vorarbeiter.

Roy fuhr uns mit dem Pick-up zum anderen Ende der Plantage. Neben dem Farmhaus gab es Pflanzen, die noch nicht reif zum Ernten waren.

»Okay, guys«, sagte Roy. »Ihr bindet jeweils zwei schwächere Pflanzen mit einer Schnur aneinander, damit sie beim nächsten Windstoß nicht umknicken. Alright?«

»Alright«, wiederholten wir, obwohl wir noch keine Ahnung hatten, wie das genau gehen sollte.

Roy machte es uns zweimal vor. Die Knotentechnik war gar nicht so leicht, aber mit ein bisschen Übung klappte es. Am Anfang fand ich es toll, zur Abwechslung mal was ganz anderes zu machen, aber die Hitze und die hohe Luftfeuchtigkeit waren wirklich heftig. Obwohl ich meine Wasserflasche zwischendurch zweimal neu auffüllte, wurde ich ganz benommen im Kopf.

Sunny sagte irgendwann, dass sie zur Toilette müsste. Erst nach einer halben Stunde tauchte sie gut gelaunt wieder auf, was Roy gar nicht lustig fand.

»Pause ist erst später«, stellte er klar.

Schweigend arbeiteten wir weiter. Es gab noch sehr viele Pflanzen in der Reihe, für die wir zuständig waren.

Als die Schnur ausging, bot ich mich an, neue Rollen zu holen.

»Ja, gerne, Alina.« Roy zeigte zum Schuppen neben dem Farmhaus und beschrieb mir, wo ich sie finden würde.

Der Schuppen war riesig. Ich stand erst mal vor den vielen Regalen mit Werkzeug und suchte vergeblich.

Plötzlich kam ein kleines Kind herein. Es konnte höchstens zwei Jahre alt sein und stapfte auf seinen kurzen Beinchen freudestrahlend auf mich zu.

»Wer bist du denn, kleiner Mann?«, fragte ich auf Englisch.

Der rothaarige Junge kicherte, krähte: »Verstecken!«, und verschwand hinter einem Anhänger. Dann hörte ich ihn plötzlich laut schreien.

Sofort sprintete ich los. Das Kind war über ein Kabel gestolpert und hingefallen. »Mummy!«, brüllte der Junge, während er die Hände auf sein linkes Knie presste. »Mummy!«

Ich redete beruhigend auf ihn ein. »Ja, gleich, Kleiner. Ich bring dich zu deiner Mummy. Hast du dir wehgetan? Zeigst du mir dein Knie?«

Der Junge nahm die Hände weg. Er hatte sich nur ein bisschen aufgeschürft. Ich pustete auf die Stelle. »Heile, heile, Segen, drei Tage Regen, drei Tage Schnee. Jetzt tut's nimmer, nimmer weh.«

Den Reim kannte ich noch von meiner Mutter und natürlich

hatte ich ihn auf Deutsch aufgesagt. Der australische Junge fand das so komisch, dass er sofort zu weinen aufhörte. Zwei Tränen kullerten über sein Gesicht und gleichzeitig lachte er.

»Darf ich dich auf den Arm nehmen?«, fragte ich wieder auf Englisch. »Komm, jetzt bring ich dich zu deiner Mummy.«

Sofort schlang der Junge seine Ärmchen um meinen Hals und ließ sich tragen. Die große Frage war jetzt nur, wo ich seine Mutter finden konnte. Hoffentlich drüben im Farmhaus. Ich lief mit dem Jungen auf dem Arm nach nebenan.

Am Eingang konnte ich keine Klingel finden, also klopfte ich an die Verandatür. »Hallo? Ist da jemand?«

»Es ist offen«, hörte ich von innen jemanden rufen.

Zögernd betrat ich das Haus. Im großen Wohnzimmer war niemand, aber aus der Küche kamen zischende Geräusche.

»Hallo!«, rief ich noch mal.

Im Türrahmen tauchte ein Mann mit Schürze und Kochlöffel in der Hand auf. Erst auf den zweiten Blick erkannte ich, dass es Miles war, einer der beiden Chefs der Plantage.

»Daddy!«, brüllte der kleine Junge und versuchte sich von mir freizustrampeln.

»Nelson! Da bist du ja, du kleiner Ausreißer.« Miles drohte scherzend mit dem Kochlöffel. »Ich hab dir doch gesagt, dass du nicht einfach weglaufen darfst!« Er nahm seinen Sohn und gab ihm einen Kuss auf die Stirn. Dann sah er mich an.

»Alina, oder?«

»Ja, genau.« Ich räusperte mich verlegen. »Nelson ist zu mir in den Schuppen gelaufen. Ich sollte dort neue Schnur holen.« Ich erzählte kurz, was passiert war.

Miles hörte mir aufmerksam zu. »Danke, Alina!«

»Kein Problem. Dann gehe ich jetzt mal die Schnur holen.« Ich winkte Nelson zu. »Goodbye, Kleiner!«

Nelson protestierte: »Nooo!«

Miles' Kopf wanderte zwischen seinem Sohn und mir hin und her. Plötzlich breitete sich ein Grinsen auf seinem Gesicht aus. »Bleib noch kurz hier, Alina. Hättest du zufällig Lust, statt auf der Plantage hier im Haus bei unserer Familie zu arbeiten? Meiner Frau beim Kochen helfen und auf Nelson aufpassen, wenn wir beide zu tun haben? Du könntest gleich heute anfangen.«

Ich war überrascht und wusste nicht, was ich sagen sollte.

»Natürlich bekommst du auch Geld dafür.« Miles lachte und nannte mir einen Stundenlohn, der viel besser war als mein bisheriger. Und das für eine deutlich leichtere Arbeit!

»Ja, sehr gerne«, sagte ich zu. »Ich hol nur noch schnell die Schnur aus dem Schuppen und gebe Roy Bescheid. Bis gleich, Kleiner!«

Nelson begriff, dass ich wiederkommen würde, und klatschte begeistert in die Hände.

* * *

June lief mit den Autoschlüsseln hektisch durchs Wohnzimmer. »Wo ist denn jetzt wieder mein Handy? Ach, da auf dem Küchentisch. Könntest du später die Wäsche aufhängen, Alina? Und das gröbste Chaos in der Küche beseitigen? Der Obstsalat für Nelson ist im Kühlschrank im oberen Fach, er bekommt ihn um drei Uhr und ... hoffentlich hab ich nichts vergessen.«

»Kein Problem«, sagte ich. »Dann rufst du mich einfach kurz an.«

June strahlte. »Du bist ein Schatz, Alina. Da hat mein Mann mal eine richtig gute Entscheidung getroffen. Bye, Nelson! Mummy geht jetzt einkaufen.« Sie knuddelte ihren Sohn. »Hab dich lieb.«

Nelsons Mundwinkel zitterten ein bisschen. Als der Pick-up seiner Mutter um die Ecke gebogen war, ging ich vor ihm in die Hocke. »Was meinst du, Nelson, wollen wir zusammen was spielen?«

»Yes!«, jubelte Nelson.

Ich kippte die Holzkiste auf dem Teppich aus und baute einen kleinen Turm. »Der muss noch viiiel größer werden«, sagte ich und zeigte zur Decke. »Sooo groß!«

Sofort schnappte sich Nelson ein paar Bauklötze und legte los. Bauklötze waren gerade sein absolutes Lieblingsspielzeug – und sie waren auch für mich praktisch. Solange ich das Klackern hörte, wusste ich, dass alles in Ordnung war.

Schnell ging ich in die Küche, ließ die Tür offen und sah mich um. Allzu groß war das Chaos zum Glück nicht. Ich spülte die Töpfe vom Vortag und stellte sie ins Abtropfgitter. Danach wischte ich die Arbeitsflächen ab. Dabei fiel mir ein, dass ich heute Morgen nach dem Aufwachen nicht sofort an Mason gedacht hatte. Zum ersten Mal, seit er in Cairns ... Ich wischte mir eine Träne aus den Augenwinkeln und überlegte, was es als Nächstes zu tun gab. Ach ja, die Spülmaschine ausräumen! Kaum war ich damit fertig, piepste nebenan die Waschmaschine.

Da kam Nelson angeflitzt. »Ich will mitmachen!«, verkündete er stolz.

»Prima«, lobte ich ihn. »Dann komm mal mit.« Zu zweit holten wir den leeren Korb und stellten ihn vor die Waschmaschine. Auch beim Leeren der Trommel wollte Nelson unbedingt helfen.

Ich musste lachen. »Wenn du so weitermachst, bin ich bald arbeitslos.«

Dann wollte Nelson doch lieber wieder spielen. Mit dem vollen Waschkorb ging ich raus auf die Veranda. Durch die Verandatür hatte ich Nelson gut im Blick. Während ich die Wäsche aufhängte, beobachtete ich einen voll bepackten Anhänger, der eine Ladung Bananen zur Halle hinüberfuhr. Dort hatte ich vor drei Wochen noch am Fließband gestanden.

Plötzlich hörte ich laute Stimmen in der Nähe. Ein Mann und

eine Frau stritten sich, aber ich konnte nicht verstehen, worum es ging. Dann rannte jemand zwischen den Reihen der Bananenpflanzen hindurch. In der Mittagshitze war das nun wirklich keine gute Idee. Ich kniff die Augen zusammen. Aber das war ja Sunny!

Sie lief in meine Richtung. »Das ist so … *unfair!*«, keuchte sie. »Das sind die allerletzten Idioten hier.«

»Wer? Was ist passiert?«, rief ich erschrocken.

Sunny ließ sich in die Hollywoodschaukel fallen. »Hast du Wasser? Ich verdurste gleich.«

»Klar.« Ich holte eine Flasche und setzte mich auf einen Gartenstuhl.

Sunny trank schnell zwei Gläser aus und wischte sich stöhnend den Schweiß von der Stirn. »Die haben mich rausgeschmissen.«

»Was?? Aber du hast doch gar nicht mehr blaugemacht. Und heute hast du sogar früher angefangen, oder?«

»Allerdings!« Sunny schnaufte. »Wir mussten diesen bescheuerten Sprenkler zusammenbauen. Drei Stunden hat das gedauert, ohne Pause. Danach sollten wir die Bewässerungsanlage auch noch draußen aufs Feld montieren, in der prallen Sonne.«

Ich ahnte, was jetzt kam.

Sunny tippte sich mit dem Zeigefinger an die Stirn. »Ich hab Roy gesagt, dass ich jetzt in die Halle gehe. Und da hat er mich einfach …«

»… gefeuert«, murmelte ich.

»Fristlos. Lohn kriege ich nur bis gestern. Den von heute streichen sie mir einfach, stell dir vor!«

»Mist!«, sagte ich. »Das tut mir total leid.«

Sunny beugte sich vor und vergrub den Kopf in ihren Händen. Im Wohnzimmer sang Nelson fröhlich vor sich hin.

Sunny fuhr hoch und starrte wütend durch die Glasscheibe der Verandatür. »Du darfst keinen Tag länger für diese Ausbeuter arbeiten! Denen zeigen wir's.«

»Äh … wie denn?«

Sunny kickte sich die Gummistiefel von den Füßen. »Wir hauen ab, jetzt sofort. Wir müssen nur irgendwie zurück zum Hostel kommen. Da steht unser Auto.«

»Wie stellst du dir das vor?«, fragte ich. »June ist nicht da, ich muss auf Nelson aufpassen.«

Sunny überlegte. »Okay. Dann machen wir es eben heute Abend. Wir lassen uns noch ganz bequem mit dem Bus zum Hostel bringen, gehen mit den anderen schlafen und fahren nachts heimlich weg.«

Alles in mir sträubte sich, so etwas zu tun. Ich wollte June und Miles nicht im Stich lassen. Und mir gefiel meine Arbeit.

»Aber wohin willst du mitten in der Nacht fahren? Etwa wieder ins Outback?«

Sunny schnippte triumphierend mit den Fingern. »Nein, viel besser. Wir fahren zu Mandy nach Darwin!«

»Ich habe Miles aber versprochen, dass ich bis Ende März bei seiner Familie arbeite.«

»Wir müssen jetzt zusammenhalten«, redete Sunny beschwörend auf mich ein. »Du bist meine Familie, Alina! Wir haben schon so viel gemeinsam durchgestanden. Ich brauche dich.«

Ich war in einer furchtbaren Zwickmühle. Natürlich wollte ich Sunny nicht im Stich lassen, aber es gab auch noch mich und den tollen Job. Ich konnte das hier nicht alles aufgeben – ich *wollte* es nicht aufgeben.

»Lass uns nichts überstürzen«, sagte ich. »Ich möchte noch eine Nacht drüber schlafen. Morgen können wir dann in Ruhe …«

Sunny sprang aus der Hollywoodschaukel hoch. »Morgen ist es zu spät. Entweder fährst du heute mit, oder …«

»… oder was?«

Sunny starrte auf die wild hin und her pendelnde Schaukel. »Oder ich fahre alleine nach Darwin.«

»Aliiina!«, rief Nelson aus dem Wohnzimmer.

»Ich komme gleich«, rief ich zurück.

Sunny griff nach meiner Hand. »Bitte! Denk an unseren Traum, Alina.«

Unser Traum?, dachte ich bitter. Dann zog ich meine Hand zurück. »Nein! Ich komme nicht mit.«

Sunny lächelte mich kalt an. »Und ich dachte, du bist meine beste Freundin. So kann man sich täuschen.«

VERRAT

Tagelang hörte ich nichts von Sunny. Sie ging nicht ans Handy und reagierte nicht auf meine Nachrichten. Ich versuchte es in Darwin bei Mandy, aber die wusste von nichts. Sunny hatte sich weder bei ihr gemeldet noch war sie spontan aufgetaucht. Dreieinhalb Stunden brauchte man für die Fahrt von Katherine nach Darwin. Sunny hätte längst dort sein müssen, selbst wenn sie mit unserem Auto eine Panne gehabt hätte.

Als ich ihr am vierten Tag wieder eine Nachricht schickte, wurden die Häkchen im Chat auf einmal nicht mehr blau. Sunny war offline! Sie, die sonst dauernd mit ihrem Handy herumspielte.

Ich malte mir die schlimmsten Dinge aus. Sunny hatte einen Unfall gehabt. Sie war überfallen und ausgeraubt worden. Eine giftige Schlange hatte sie gebissen und Sunny war nicht rechtzeitig ins Krankenhaus gekommen. Man hatte ihre Familie benachrichtigt. Mich nicht, weil ich ja nur ihre Freundin war. Warum hatte ich bloß nie nach der Handynummer von Sunnys Eltern gefragt, für Notfälle?

Und wenn ich es bei Mason probierte? Vielleicht hatte er ja was von Sunny gehört. Sofort verwarf ich die Idee wieder. Mason war garantiert der letzte Mensch, den Sunny kontaktieren würde. Und es gab noch einen guten Grund, warum ich ihn nicht anrufen wollte. Ich würde es nicht ertragen, wieder nur seine fröhliche Stimme auf der Mailbox zu hören.

Nachdem ich eine weitere schlaflose Nacht verbracht hatte, fasste ich einen Entschluss. Ich musste Sunny suchen!

Zuerst fragte ich Klara, ob sie mir ihr Auto leihen konnte. Nur für ein paar Tage, damit ich nach Darwin fahren konnte.

»Natürlich«, sagte sie. »Auch länger, wenn du möchtest. Ich brauche es zurzeit nicht. Viel Glück!«

Bei Miles war es schwerer. Erst wollte er mich nicht gehen lassen, weil es doch sowieso nur noch vier Tage bis Ende März waren. Aber June setzte sich für mich ein. »Ich versteh dich gut, Alina. Wenn meine Freundin plötzlich verschwunden wäre, würde ich auch nach ihr suchen.«

»Danke!« Ich umarmte June und wuschelte Nelson ein letztes Mal durch die roten Haare.

Der Kleine war mir so ans Herz gewachsen, dass ich ihn jetzt schon vermisste.

Aber ich musste dringend los. Roy fuhr mich mit dem Bus zum Working Hostel. Angeblich, weil er sowieso in der Nähe etwas besorgen musste. Alle waren so nett zu mir und halfen. Das würde ich nie vergessen.

Meine Sachen waren schnell gepackt. Ich warf meinen Rucksack in den Wagen, kaufte noch ein paar Lebensmittel, tankte und füllte den Esky mit Eis und Wasserflaschen. Kurz darauf schlängelte ich mich durch den morgendlichen Berufsverkehr von Katherine. Ich kannte die Stadt kaum. Nur zweimal war ich hier gewesen. Einmal hatten Sunny, Marie und ich uns das Heimatmuseum angesehen und einmal waren wir im Katherine River beim Baden gewesen.

Ich hatte einen Plan. Als Erstes steuerte ich die Tankstelle am

Stadtrand an. In unserem roten Wagen war kaum noch Benzin gewesen. Gut möglich, dass Sunny bei ihrer Abreise hier noch mal getankt hatte.

Der Tankwart sah sich das Handyfoto von Sunny an und grinste. »Ja, an die kann ich mich erinnern. War ganz schön unter Strom, die junge Lady. Und hat zwei große Flaschen Cola gekauft. Hatte wohl 'ne lange Fahrt vor sich.«

»Wissen Sie, wohin meine Freundin wollte?«

Der Tankwart schüttelte den Kopf. »Das hat sie mir leider nicht verraten.«

»Trotzdem vielen Dank!« Ich kaufte ein Päckchen Kaugummi und stieg wieder in den Wagen. Das Gespräch hatte mich ein klein wenig beruhigt. Immerhin wusste ich jetzt, dass Sunny tatsächlich losgefahren und den Stuart Highway in Richtung Darwin genommen hatte.

Was war ihr wohl durch den Kopf gegangen, als sie spätabends aufgebrochen war? Wie schrecklich es auf der Bananenfarm gewesen war? Und wie traurig es war, dass ihre beste Freundin jetzt nicht neben ihr saß?

Ich ließ den Motor an. Mein nächstes Ziel war Pine Creek. Dort gab es ein Restaurant und ein Motel. Eine weitere Chance, um an Informationen zu kommen. Ich würde so lange sammeln, bis das Puzzle vollständig war.

Nach einer Stunde Fahrt über den einsamen Highway erreichte ich den kleinen Ort im Northern Territory, der früher das Zentrum des Goldabbaus gewesen war. Das Restaurant steuerte ich zuerst an. *Von 7:00 bis 02:00 geöffnet* und *Free Wi-Fi* stand auf dem Schild vor dem Eingang. Das klang schon mal vielversprechend. Falls Sunny Hunger gehabt hatte, war sie vielleicht hier eingekehrt.

In dem rustikal eingerichteten Lokal saß eine alte Frau am Klavier und hämmerte auf die Tasten ein. Sie spielte Countrymusik, und zwar ziemlich gut. Als sie mich bemerkte, hörte sie auf und fragte: »How are you, darling?«

»Gut«, behauptete ich. Aus Versehen hatte ich Deutsch gesprochen.

Die Frau lachte. »Backpacker from Germany? What the hell are you doing here?«

Ich wurde rot. »Äh ... Ich suche meine Freundin. Sunny.«

Die Frau sah sich das Foto an und schüttelte den Kopf. »Ein hübsches Gesicht. Hätte ich mir gemerkt. Nein, die war nicht hier.«

Enttäuscht steckte ich mein Handy wieder ein.

Die Frau ging zum Tresen. »Kann ich dir was zu trinken bringen? Du siehst aus, als ob du ein Bier gebrauchen könntest. Alkoholfrei?«

Ich nickte. Es war kurz vor zwölf Uhr Mittag und mein Magen knurrte, also bestellte ich mir eine Portion Pommes. Ich konnte die Gelegenheit genauso gut nutzen, um eine kleine Pause zu machen.

Ich war der einzige Gast und hatte freie Platzwahl. Das Bier schmeckte bitter, aber es war schön kühl. Die Besitzerin brachte mir die Pommes, setzte sich wieder ans Klavier und spielte leise vor sich hin.

Ich sah mich im Lokal um. An den Wänden hingen vergilbte Familienfotos. Ein Brautpaar in altmodischen Kleidern blickte feierlich in die Kamera. Ob die Besitzerin die Tochter der Braut auf dem Foto war?

Ich musste wieder an Mason denken. Unsere Liebesgeschichte hatte aufgehört, bevor sie richtig begonnen hatte. Wenn es wenigstens einen klaren Schlussstrich gegeben hätte, ein nachvollziehbares Ende. Dann würde es mir jetzt nicht so schwerfallen, loszulassen.

Ich trank mein Bier, aß ein paar Pommes und plötzlich hatte ich eine Idee. Was Mason nicht geschafft hatte, musste ich eben tun!

Ich zog mein Handy raus und tippte drauflos.

Hallo Mason,

du bist einfach abgehauen in Cairns und hast dich nicht mehr gemeldet. Das finde ich echt armselig von dir. Du hättest dich wenigstens verabschieden und mir sagen können, warum du dich von mir trennst.

Alina

Ohne sie noch mal durchzulesen, schickte ich die Nachricht ab. Fünf Sekunden später klingelte mein Handy. Geschockt starrte ich aufs Display. Es war Mason!

Sollte ich? Oder besser nicht? Aber dann würde ich nie erfahren, warum Mason mich sprechen wollte. »Hi«, sagte ich kühl. »Was willst du?«

»Alina«, hörte ich Masons aufgebrachte Stimme. »Ich wollte nur kurz was klarstellen. *Du* hast dich von *mir* getrennt!«

»Was?« Vor Schreck hätte ich beinahe mein Bierglas umgestoßen.

Die Besitzerin hörte auf zu spielen. »Everything alright?«

Nichts war in Ordnung!

»Alina? Bist du noch dran?«

»Sag das noch mal!«

Mason stöhnte. »Ich weiß zwar nicht, was das bringen soll, aber okay: Du hast per Handy mit mir Schluss gemacht.«

»*Ich* soll dir eine Nachricht geschickt haben??«

»Ja. Und die war absolut eindeutig. Du hast mir geschrieben, dass ich sofort abreisen soll und du mich nie mehr wiedersehen willst.«

»Das hab ich nicht geschrieben!«

»Wer sonst? Die Nachricht kam von *deinem* Handy, von *deiner* Nummer.«

Ich versuchte zu begreifen, was Mason mir da erzählte, aber in meinem Gehirn herrschte das reinste Chaos. Mein Handy. Ich hatte es niemandem ausgeliehen. Hatte es die ganze Zeit bei mir gehabt. Oder doch nicht?

Plötzlich sah ich Sunny im Burger-Lokal in Cairns. Hörte sie beiläufig sagen:

»Du hast übrigens vorhin deine Regenjacke bei mir vergessen. Ich hab sie dir mitgebracht.«

Meine Regenjacke. Die rechte Tasche. Mein Handy.

»Sunny!«, flüstere ich. »*Sie* muss dir die Nachricht geschickt haben.«

»*WAS?*«, rief Mason ungläubig.

»Sie war es«, wiederholte ich tonlos. »Und sie hat auch unseren Chat auf meinem Handy gelöscht.«

Mir wurde heiß und kalt. Der Raum, das Klavier, die Besitzerin, alles drehte sich um mich. Ich stützte mich mit den Ellbogen auf dem Tisch auf, presste das Handy an mein rechtes Ohr.

Mason räusperte sich. »Wenn sie das wirklich getan hat, dann ist das ... dann ist das ...«

»... der gemeinste Verrat, den man seiner besten Freundin antun kann.«

Mason holte tief Luft. »Ich hab natürlich gemerkt, dass sie eifersüchtig auf mich ist, aber doch nicht so krass.«

»Das hab ich auch nicht gewusst.«

Plötzlich stand die Besitzerin des Lokals vor mir, stellte mir ein großes Wasser hin und lächelte. »Geht aufs Haus, darling.«

»Danke«, flüsterte ich und trank hastig ein paar Schlucke. Dann wurde ich plötzlich unruhig. »Kann ich dich was fragen, Mason?«

»Natürlich.«

»Als wir zusammen einkaufen waren im Supermarkt, da hast du telefoniert. Wer war das denn?«

»Meine Schwester.«

»Nicht deine Freundin?«

»Nein! Wie kommst du darauf?«

»Weil es wie ein Flirt geklungen hat und weil Sunny ...«

Mason unterbrach mich: »Und weil Sunny dir eingeredet hat, dass es so sein muss, stimmt's? Alina, sie wollte uns von Anfang an auseinanderbringen! Sie hat das ganz systematisch gemacht.«

Mir wurde schlecht. Wie konnte ein Mensch nur so was Schreckliches tun? Warum hatte Sunny mir das angetan? Wir waren doch beste Freundinnen!

»Ich bin so froh, dass du mir vorhin geschrieben hast«, sagte Mason. »Und dass du nicht mit mir Schluss machen wolltest.«

»Natürlich nicht. Ich liebe dich, Mason!«

»Ich liebe dich, Alina!«

Die Besitzerin spielte einen Tusch auf dem Klavier. Ich musste lachen, während mir Tränen über die Wangen liefen. Dann erzählte ich Mason von der Bananenfarm, von Nelson und dass Sunny gefeuert worden war.

»Das wundert mich ehrlich gesagt gar nicht. Ich will dich so bald wie möglich sehen, Alina!« Masons Stimme war voller Sehnsucht. »Aber ich hab in Port Douglas einen neuen Gig bekommen, das ist eine Stunde nördlich von Cairns. Die Jungs von der Band sind auch hier. Wir haben einen Vertrag bis Mitte April unterschrieben. Da kann ich nicht so einfach raus. Aber danach komme ich sofort zu dir. Wo bist du?«

»In Pine Creek, beim Goldschürfen.«

»Wo bitte?«

»Das ist in der Nähe von Katherine. Ein ganz toller Ort.« Ich zwinkerte der Besitzerin zu, die mir vom Klavier aus zulächelte. »Ich fahre jetzt weiter nach Darwin. Dort können wir uns dann treffen. Schickst du mir eine Playlist von euren neuen Songs?«

»Na klar. Ich freu mich schon so, dich zu sehen, sweetheart.«

»Ich mich auch.«

Wir schickten uns Küsse durchs Telefon und schon wieder wurde mir schwindelig.

ABKÜRZUNG INS NIRGENDWO

Zurück im Auto startete ich Masons alte Playlist und drehte die Lautstärke voll auf. James sang mit seiner rauchigen Stimme von Freiheit und Abenteuer. Ich warf mein Handy auf den Beifahrersitz. Es landete auf einem Zettel, den ich vor der Fahrt schnell noch aus meinem Notizblock herausgerissen hatte.

Die Liste.

Burrundie, Robin Falls, Adelaide River, Batchelor. Das waren die nächsten Orte auf der Strecke nach Darwin, wo ich überall nach Sunny hatte fragen wollen.

Ich zerknüllte den Zettel. Wegen Sunny hatte ich meinen tollen Job abgebrochen. Wegen ihr hatte ich mich ins Auto gesetzt und war voller Sorge losgefahren.

Arme Sunny, die von ihrer besten Freundin im Stich gelassen worden war. Gegen die sich die ganze Welt verschworen hatte. Der alle so übel mitspielten, obwohl sie immer nur das Beste wollte.

Aber war ihr wirklich irgendwas Schlimmes passiert? Hatte sie nicht einfach nur ihr Handy ausgestellt, damit ich in Panik geriet, ihr hinterherfuhr und mich bei ihr entschuldigte? Wofür? Dass sie unsere Freundschaft verraten hatte? Dass sie Mason und mich auf die übelste Art und Weise auseinandergebracht hatte?

Ich ließ den Motor aufheulen und drückte aufs Gaspedal. Ja, ich würde nach Darwin fahren, aber ohne nach Sunny zu suchen. Die konnte mir gestohlen bleiben!

Lautstark sang ich mit bei den Songs von Masons Band.

I'm looking for freedom,
for nature and peace.
Every day is a new day.
Makes sense just for me.

Ich nahm den Fuß vom Gas, bremste und hielt auf dem Standstreifen. Hupend brauste ein Pick-up an mir vorbei.

»Just for me«, wiederholte ich die letzten Worte des Songs. Plötzlich wurde mir klar, dass ich mich gar nicht mehr beeilen musste. Niemand wartete auf mich in Darwin. Ich hatte kein Hostel gebucht, keinen neuen Job, den ich antreten musste. Zum ersten Mal, seit ich vor fünf Monaten australischen Boden betreten hatte, war ich frei.

Ein verrückter Gedanke schoss mir durch den Kopf. Wie wäre es, wenn ich mir einen Abstecher gönnte? Nicht auf dem langweiligen Highway blieb, sondern irgendwo abbog ins Outback? Die Gegend hier erkundete.

Viel zu gefährlich, Alina, sagte eine Stimme in mir.

Verpass dein Abenteuer nicht, sagte eine andere Stimme.

Ich konnte mich nicht entscheiden, also beschloss ich, erst mal zum nächsten Ort zu fahren. Zehn Minuten später erreichte ich Adelaide River, eine Ortschaft mit einer Handvoll Häusern, einem Campingplatz und einem kleinen Rasen, auf dem ein paar Jungs Cricket spielten. Ich kaufte mir an der Tankstelle eine Karte der Umgebung.

Die Frau an der Kasse meinte, wie schade es sei, dass ich nicht zur Trockenzeit hergekommen war. Da hätte ich auf einer Bootstour »jumping crocodiles« sehen können. An einer Angel wurden

Fleischstücke übers Wasser gehalten, und die Krokodile sprangen dann angeblich einige Meter hoch, um sich die Fleischbrocken zu schnappen.

»Too bad!«, antwortete ich höflich und lief durch die schwülwarme Luft zum Auto zurück, wo ich die Karte auf meinem Schoß ausbreitete.

Adelaide River war 114 Kilometer südlich von Darwin und grenzte im Westen an den Litchfield-Nationalpark. Der war jedoch winzig im Vergleich zum berühmten Kakadu-Nationalpark im Osten. Ich hatte keine Lust, auf den Highways einen großen Bogen zu machen. Viel direkter kam ich nach Osten, wenn ich auf Nebenstrecken am Adelaide River entlangfuhr. Dann musste ich irgendwann auf Mount Bundey stoßen, einen Ort an der Grenze des Kakadu-Nationalparks. Dem natürlichen Flusslauf zu folgen war bestimmt aufregend. Später konnte ich dann in meinem Blog darüber schreiben. Das war mein ganz persönliches Australien-Abenteuer!

Mein Tank war noch gut gefüllt, also worauf wartete ich? Mit einem kribbligen Gefühl im Bauch fuhr ich los. Dort, wo alle den Highway nahmen, bog ich rechts ab. Die Straße war schmal, aber geteert, und sie führte tatsächlich immer am Fluss entlang. Nur konnte ich ihn leider kaum sehen, weil das Ufer stark bewaldet war.

So schön grün war die Gegend hier! Pferde grasten auf den Koppeln. Ein paar Häuser sah ich noch am Straßenrand. Dann ging die Teerstraße in eine Schotterpiste über. Kein Problem für mich, weil Klaras Wagen Allradantrieb hatte. Trotzdem wurde ich ganz schön durchgeschüttelt und hin und her geschleudert. Ich drosselte das Tempo. Gut, dann würde ich eben langsamer fahren.

Am Himmel türmten sich dunkle Wolken auf. Obwohl ich die Klimaanlage auf höchste Stufe gestellt hatte, kroch die schwülwarme Luft zu mir ins Auto. Endlich öffnete der Himmel seine Schleusen. Es regnete in Strömen. Ich fuhr in eine schwarze Wand hinein, hinter mir die Sonne und vor mir ein Regenbogen. So kräftig in den Farben, so intensiv. Ich sprang aus dem Wagen, ich musste ihn einfach fotografieren.

Kurz danach hörte der Regen plötzlich auf. Weiße Wattewolken trieben über den Himmel, als könnte man sie wie Zuckerwatte pflücken. Dann kam ich an eine Kreuzung. Links oder rechts? Ich entschied mich für rechts, weil die Straße neben dem Adelaide River zu weit nach Norden geführt hätte.

Allmählich veränderte sich die Landschaft. Die Bäume machten Sträuchern Platz und mein Auto wirbelte rote Staubwolken auf. Ich fuhr immer weiter in meinem Rüttel- und Schlingerkurs und stellte Masons Playlist auf Endlosschleife. Nur einmal stieg ich noch kurz aus, um die Überreste der Fliegen, Schmetterlinge und Libellen von Windschutzscheibe und Kühlerhaube zu kratzen.

Irgendwann wurde ich nervös. Hätte ich doch links abbiegen sollen und den Fluss als Orientierungspunkt behalten? Sollte ich besser umkehren? Die Sonne stand schon ziemlich tief. Ich warf einen Blick auf den Tacho und erschrak. Er war fast leer! Ich hatte viel mehr Sprit verbraucht, als ich gedacht hatte. Aber der nächste Ort auf meiner Karte konnte nicht mehr weit sein. Ich musste es riskieren. Dort gab es vielleicht eine Tankstelle oder jemanden, der mir mit einem Kanister Benzin aushelfen konnte.

Ich klammerte die Hände fest ums Steuerrad und starrte durch die Windschutzscheibe auf den flirrenden Horizont. Er veränderte sich nicht. Kein Haus weit und breit. Nur roter Staub, Steine, Sträucher und Grasbüschel. Wenn ich die Augen leicht verengte, verdichteten sich die Gräser in der Ferne zu einem Netz aus dunklen Punkten. Es sah aus wie auf den Bildern der Aborigines, die in der Dot-Painting-Technik gemalt waren. Erst jetzt begriff ich, wie gut sie damit die weite Landschaft ihrer Heimat eingefangen hatten. Doch leider konnte ich die Schönheit nicht genießen.

Längst war die Tachonadel ins rote Feld gependelt. Dann wurde mein Auto langsamer. Es hatte keinen Sinn mehr, aufs Gaspedal zu drücken. Der Sprit war alle. Ich ließ den Wagen vor einem roten Felsen ausrollen und legte die Handbremse ein. Stillstand.

Was jetzt? Ich war mitten im Nirgendwo! In der Wildnis, verloren, allein.

Nein, nicht ganz. Ich hatte ja noch mein Handy. Ich musste bloß den richtigen Notruf finden und dann ...

Kein Empfang. Natürlich! Wie hatte ich nur so naiv sein können?

Ich hatte einen Riesenfehler gemacht. Nein, gleich drei auf einmal. Warum war ich nicht auf dem sicheren Highway geblieben? Warum hatte ich nicht wenigstens die Frau in Adelaide River gefragt, welche Route sie mir empfehlen würde? Und warum hatte ich Mason nicht Bescheid gegeben?

Zu spät. Ich war irgendwo im Outback. Komplett auf mich allein gestellt. Panik flutete meinen Körper. Mein Puls raste.

»Tief durchatmen, Alina«, versuchte ich mich zu beruhigen.

Mit zitternden Fingern löste ich den Sicherheitsgurt, stieg aus und holte mir eine Wasserflasche aus dem Esky. Es war immer noch unglaublich heiß und schwül. Mein Kopf dröhnte und mein Körper schmerzte von den vielen Schlaglöchern. Ich wollte die Wasserflasche in einem Zug austrinken, aber ich traute mich dann doch nicht. Lieber haushalten mit deinen Vorräten, dachte ich. Mein Gehirn hatte automatisch auf Überlebensmodus umgestellt.

Wo war ich? Zehn Kilometer vom Kakadu-Nationalpark entfernt oder fünfzig? Ich musste mir eingestehen, dass ich komplett die Orientierung verloren hatte.

Okay, ich sollte losgehen und Hilfe holen. Nein, lieber nicht! Hatte ich nicht mal irgendwo gelesen, dass man im Auto bleiben sollte, wenn die Suchtrupps mit den Flugzeugen kamen? Die konnten ein Auto viel leichter finden als einen Menschen, der zu Fuß unterwegs war. Außerdem konnte man ohne ausreichend Wasser in der Hitze sehr schnell Kreislaufprobleme bekommen und dehydrieren.

Plötzlich raschelte es im Gebüsch neben meinem Auto. Was war das gewesen? Eine giftige Schlange? Blitzschnell stieg ich wieder ein. Eine Maus flitzte ins Gebüsch. Sie war vermutlich genauso erschrocken wie ich. Ich wartete, bis sich mein Puls wieder einigermaßen beruhigt hatte.

Doch dann brach mir der Schweiß aus. Ohne Klimaanlage hatte sich das Auto innerhalb weniger Minuten in eine Sauna verwandelt. Ich musste die Fenster aufmachen, auch auf die Gefahr hin, dass dann Spinnen oder Krabbeltiere reinkamen.

Als die Sonne unterging und die ersten Sterne am Himmel aufblinkten, wurde mir klar, dass ich im Outback übernachten musste. Heute würde niemand mehr kommen, um mich zu retten. Frühestens morgen. Ich musste warten, Geduld haben, durfte die Hoffnung nicht aufgeben. Wenigstens hatte ich genug zu essen und zu trinken im Auto. Wenn ich es mir gut einteilte, reichte es zur Not für zwei, drei Tage.

Wenn Mason hier gewesen wäre! Ich vermisste ihn so sehr. Wenn ich jetzt mit ihm reden und mich an seine Schulter hätte lehnen können, das hätte so gutgetan. Oder Sofie mit ihrer ruhigen, vernünftigen Art. Auch sie fehlte mir auf einmal wieder.

Ich klappte meinen Autositz zurück und versuchte es mir so gut es ging bequem zu machen. Endlich ließ die Hitze ein wenig nach. Ich konnte die Fenster bis auf einen Spalt zumachen, ohne zu zerfließen. An der Windschutzscheibe seilte sich eine kleine Spinne ab.

Sofort musste ich wieder an Sunny denken. Wie mutig sie die Huntsman Spider aus unserem Zelt entfernt hatte. Doch gleich danach hatte sie mich vor Mason gewarnt, nur weil bei unserem Telefonat ein Mädchen nach ihm gerufen hatte. Immer wieder hatte sie Misstrauen in mein Herz gestreut, in winzigen Dosen. So subtil, dass es mir gar nicht aufgefallen war. Und danach hatte sie mich wieder getröstet und aufgebaut. Das Schlimme war, dass es perfekt funktioniert hatte. Ich hatte mich bis jetzt noch nie so gut verstanden, so einfühlsam getröstet gefühlt wie von Sunny. Deshalb hatte ich meine Freundin die ganze Zeit verteidigt, alle ihre Launen entschuldigt und ertragen. Meine Wünsche für ihre zurückgestellt. Mich nur noch nach ihr gerichtet. Mich selbst dabei verloren. Meinen großen Traum von Australien.

Warum nur?

Bleich schien der Mond ins Auto. Ich überlegte, ob es nicht doch irgendeinen Weg gab, unsere Freundschaft zu retten. Aber was war dann mit Mason? Würde Sunny irgendwann wieder einen Keil zwischen uns treiben? Ich konnte ihr nicht mehr vertrauen und ich wollte es auch nicht. Sunny tat mir nicht gut. Und ich liebte Mason. Er war der wichtigste Mensch in meinem Leben. Das war mir auf einmal so klar wie noch nie.

Mir war immer noch viel zu warm im Auto. Ich ließ das Fenster wieder herunter und streckte meinen Kopf hinaus. Ein sanfter Windhauch strich über das hohe Gras. Zikaden machten Lärm. Tropische Vögel riefen sich geheime Botschaften zu. Und am Himmelszelt funkelten tausend Sterne wie Diamanten.

Ich lauschte in die Nacht hinein und spürte meinen Atem, meinen Herzschlag. Die Angst zog sich zurück. Ich war hier, ein Teil der Natur, ein Teil von Australien.

Ich lächelte. Dann machte ich die Augen zu und wünschte mir, dass irgendwo da draußen Menschen waren, die morgen hier vorbeikamen und mich fanden.

TRAUMZEIT

»Wie lange dauert es denn noch?«, fragte ich.

Sunny lächelte, die Hände locker am unteren Lenkrad. »Dass du auch immer so ungeduldig sein musst. Aber wir sind tatsächlich gleich da, halt dich fest!« Dann stieg sie voll auf die Bremse.

Mein Kopf flog auf das Armaturenbrett zu. Der Gurt schnitt mir in die Brust. Unser Auto kam in einer roten Staubwolke zum Stehen. Benommen öffnete ich die Tür und stieg aus. Scharfe Grashalme zerkratzten meine Beine. 40 Grad im Schatten. Die Erde schien zu kochen. Doch da vorne war er, der heilige Berg, der Uluru. Verheißungsvoll leuchtete er mir entgegen. So schnell ich konnte, lief ich darauf zu. Doch er kam nicht näher, wurde immer kleiner, bis seine Umrisse sich in der gleißenden Sonne auflösten. Plötzlich schwankte der Boden unter meinen Füßen, ich steckte im Schlamm, dann knietief im Wasser. Das Meer flutete die Wüste. Meterhohe Wellen rauschten auf uns zu. Sunny stürzte sich kopfüber hinein, tauchte lachend wieder auf und rief: »Jetzt zeig mal, wie gut du surfen kannst, Alina!«

Ich lag bäuchlings auf meinem Board, drehte mich um und sah die Welle kommen. Richtete mich auf. Zu spät. Die Welle riss mir das Brett unter den Füßen weg. Wassermassen stürzten über mir zusammen, zogen mich hinab in die Tiefe. Jetzt war ich am Meeresgrund, schwamm zwischen bunten Korallen hindurch. Eine Riesenschildkröte schwebte langsam auf mich zu. Mason saß auf ihrem Rücken, von Kopf bis Fuß bemalt wie ein Aborigine. Er hielt ein Didgeridoo in den Händen und spielte einen Countrysong. Dann war Sunny wieder da. Sie nahm meine Hand, schwamm mit mir weiter zu einem Schiffswrack. Zwischen den Planken schimmerte Gold. Eine morsche Tür hing in den Angeln, schwenkte weit auf. Ein unwiderstehlicher Sog zog mich ins dunkle Wrack hinein. Sunny war weg. Schlingpflanzen wickelten sich um meine Beine. Immer fester. Planken stürzten von oben auf mich, begruben meinen Körper unter sich. Ich schrie um Hilfe. Wasser strömte in meine Lunge. Mit letzter Kraft klopfte ich gegen das morsche Holz. Komm zurück, Sunny! Komm zurück!

Schweißgebadet wachte ich auf. Mein Klopfen hallte als Echo in meinem Kopf nach. Nein, nicht nur dort. Jemand klopfte gegen das Autofenster. Ich machte die Augen auf. Helles Morgenlicht blendete mich. Davor ein Schatten. Ein junger Mann lehnte an meiner Tür, ein Aborigine.

Als ich vor Schreck zusammenzuckte, zupfte er verlegen an seinem Schnurrbart. Er war groß, schlank und trug ein blaues Sportshirt. Freundlich lächelte er und gab mir Zeichen, dass ich mein Fenster herunterfahren sollte.

Ich war noch so benommen von meinem Albtraum, dass ich es erst beim dritten Anlauf schaffte.

»Did you get lost?«, fragte mich der Mann.

Ich nickte. »Yes.«

»Wo wolltest du hin?«, fragte er auf Englisch.

»Zum Kakadu-Nationalpark.«

Der Mann breitete seine Arme aus. »Willkommen auf unserem Land!«

Meinte er damit etwa, dass ich bereits im Nationalpark war? Ich fragte nicht nach und es war auch nicht wichtig, weil mir in dem Moment ein riesengroßer Stein vom Herzen fiel. Mein Wunsch war in Erfüllung gegangen. Das Schicksal oder ein wunderbarer Zufall hatte einen Menschen zu mir hergeführt. Ich war gerettet!

»Ich bin so froh, dass Sie da sind!«, redete ich hastig drauflos. »Ich war so dumm. Ich hätte den Highway nicht verlassen dürfen. Und ich hab die Entfernungen total unterschätzt. Australien ist so viel größer als das Land, aus dem ich komme. Ich bin aus Deutschland. Alina, also ich heiße Alina.«

Der Aborigine hatte meinen aufgeregten Redeschwall ruhig angehört. Langsam ging er um mein Auto herum, stellte sich wieder ans Fenster und blickte ins morgendliche Outback. Die Sonne vergoldete das hohe Gras. Noch war die Hitze wie ein weicher, warmer Mantel.

Ich wartete ein wenig. Dann fragte ich: »Sie haben nicht zufällig einen Kanister Benzin bei sich?«

»Nein, aber das hier.« Der Mann zeigte zu dem roten Felsen. Dahinter stand ein Pick-up, den ich erst jetzt entdeckte. Kein Wunder bei der ganzen Aufregung.

»Du kannst gerne mitfahren. Ich wohne in Jabiru, das liegt ganz zentral, mitten im Park. Meine Frau und ich sind Tourguides. Wir machen Wanderungen und Kanufahrten mit den Touristen.«

»Vielen Dank! Und mein Auto ... Können Sie das abschleppen?«

Der Aborigine lächelte. »Ich habe leider kein Abschleppseil dabei. In drei Wochen kannst du dein Auto holen. Oder meine Frau Elena macht das. Da haben wir wieder hier in der Gegend zu tun.«

»In drei Wochen?«, fragte ich und stellte mir vor, was in der Zwischenzeit alles passieren konnte. Klaras Auto konnte geklaut oder beschädigt werden. Dann fiel mir ein, dass es nicht in einer Großstadt, sondern mitten im Outback stand. Also würden vermutlich höchstens ein paar Kängurus neugierig daran schnuppern.

»Und ... äh ... was mache ich in den drei Wochen?«

»Oh«, sagte der Aborigine. »Drei Wochen sind kurz, aber du wirst in der Zeit einen ersten Eindruck vom Nationalpark bekommen. Wir zeigen dir die schönsten Orte. In unserem Haus ist genug Platz. Du bist herzlich willkommen.«

Seine Gastfreundschaft überwältigte mich. Wir kannten uns seit fünf Minuten, er hatte mir noch nicht mal seinen Namen genannt und lud mich einfach so für drei Wochen zu seiner Familie ein!

»Ich weiß gar nicht, wie ...« Mir fehlten die Worte. »Danke!«

»Lass uns losfahren«, schlug er vor. »Mittags wird es hier sehr warm.«

Ich holte meinen Rucksack und stieg zu ihm in den Pick-up. Zwanzig Minuten später erreichten wir über kleinere Straßen, die für den öffentlichen Verkehr gesperrt waren, Mount Bundey. Ich war dem Ziel also näher gewesen, als ich gedacht hatte. Trotzdem hätte ich es alleine und ohne Benzin nie bis dorthin geschafft.

»Ich bin übrigens Simon«, erzählte mein Retter kurze Zeit später und dass es bis Jabiru noch etwa anderthalb Stunden Fahrt waren.

Ich lehnte mich im Beifahrersitz zurück und merkte erst jetzt, wie erschöpft ich war. Ich wollte nur ganz kurz die Augen zumachen, aber dann wachte ich erst wieder auf, als der Motor nicht mehr gleichmäßig brummte.

»Wo sind wir?«, murmelte ich verschlafen.

Simon öffnete die Beifahrertür und ich blickte in das lächelnde Gesicht seiner Frau Elena. »Hallo, Alina! Simon hat mir gerade von deinem Australien-Abenteuer erzählt. Komm doch rein.«

Das Haus von Simon und Elena war ein einfacher Backsteinbau mit überdachter Veranda und Palmen im Garten. Die Innenräume hatten dunkle Holzdecken, an denen Ventilatoren surrten. Das gleichmäßige Geräusch beruhigte mich. Ich war unendlich froh, wieder in der Zivilisation zu sein.

Elena drückte mir einen Stapel Handtücher in den Arm. »Du möchtest dich bestimmt frisch machen. Das Bad ist oben links.«

Sie schien meine Gedanken erraten zu haben. Auf der Treppe in den ersten Stock klingelte mein Handy. Endlich hatte ich wieder WLAN. Jetzt konnte ich Mason anrufen. Und Sofie eine Nachricht schicken. Das hätte ich schon viel früher machen sollen. Aber die australische Nummer auf dem Display sagte mir nichts.

»Hi, Alina«, hörte ich eine fröhliche Stimme. »Wie geht es dir? Wie gefällt es dir im Northern Territory?«

»Gut«, antwortete ich, während ich angestrengt überlegte, wer mich da anrief.

»Deine Freundin ist seit gestern hier bei uns und passt auf Lou und Richard auf. Du möchtest Sunny sicher sprechen, oder? Ich geb sie dir, ja?«

»Warte, Mandy!«, hielt ich sie zurück. »Ich kann gerade nicht telefonieren. Ich bin ... ich muss gleich los.«

»Kein Problem«, sagte Mandy. »Melde dich einfach wieder, wenn du zurück bist.«

»Okay. Tschüss!« Hastig drückte ich auf den roten Hörer und sank auf die Treppenstufen. Mein Herz pochte bis in den Hals hinauf.

Sunny! Es ging ihr gut. Ihr war nichts passiert. Ich war total erleichtert. Doch dann wurde ich zornig. Die ganze Zeit hatte sie sich nicht gemeldet, obwohl sie genau wissen musste, dass ich mir Sorgen um sie machte. Und jetzt war sie zu feige, mich selbst anzurufen, hatte Mandy vorgeschickt.

Nein, Sunny, dachte ich. Ich will nicht mit dir sprechen, will deine Entschuldigungen nicht hören, warum du einfach mit unserem Auto abgehauen bist. Und es geht dich auch überhaupt nichts an, wo ich gerade bin und welche Pläne ich jetzt habe. Es sind meine Pläne, nicht deine.

Ich holte frische Wäsche aus meinem Rucksack, packte die Handtücher und ging ins Bad. Als ich unter der Dusche stand, spülte ich alles von mir ab: die Hitze, die Angst und die Wut auf Sunny.

Später half ich Elena beim Kochen und lernte zum ersten Mal Bush Tucker kennen.

Schon beim Kochen duftete es nach exotischen Gewürzen und Kräutern. Und als wir dann zu dritt am Tisch saßen, schmeckte es mir so gut wie schon lange nicht mehr. Es gab Buschbrot mit Akaziensamen, Lamm mit Pfefferbeeren und Buschtomaten und als Nachspeise Limonen-Biskuits. Die Biskuits aßen wir draußen auf der Veranda unter dem Sternenhimmel.

»Gibt es eigentlich viele Kakadus hier im Nationalpark?«, fragte ich.

Simon lächelte. »Wir haben hier mehr als 280 Vogelarten und natürlich auch Kakadus, aber der Park heißt nicht deshalb so. Der Name ›Kakadu‹ ist durch die falsche Aussprache des Wortes ›Gaagudju‹ entstanden. So heißt die Sprache der Ureinwohner im nördlichen Teil des Parks.«

Ich wollte gern noch mehr über den Nationalpark und die Geschichte der Aborigines hier im Northern Territory erfahren, aber Elena stellte geräuschvoll die Teller zusammen. »Du bist bestimmt müde. Komm erst mal an, Alina. Alles andere findet sich dann schon.«

Ich war ein bisschen enttäuscht, aber andererseits hatte Elena recht. Ich hatte endlich das, wovon ich immer geträumt hatte: Zeit, nur für mich.

Am nächsten Morgen wurde ich noch vor Sonnenaufgang wach. Ich hörte Simon und Elena unten leise reden. Kaffeeduft zog zu mir herauf. Schnell zog ich mich an und ging runter in die Küche.

Elena gab mir einen Becher Kaffee. »Hast du gut geschlafen, Alina?«

»Wie ein Stein«, seufzte ich.

Simon sah mich nachdenklich an. »Es ist gut, dass du früh auf bist. Ich möchte dir gern etwas zeigen.«

Mehr sagte er nicht und ich fragte nicht nach. Wir stiegen in den Pick-up und fuhren auf der State Route Richtung Süden. Sträucher und kleine Bäume säumten die Straße, genau wie gestern. Nach etwa einer halben Stunde tauchte am linken Straßenrand ein Felsmassiv auf. Simon stellte den Wagen auf dem Parkplatz daneben ab. Jetzt ging es zu Fuß weiter, auf einem Rundweg, der für Touristen gut ausgeschildert war. Doch so früh am Morgen war noch niemand unterwegs.

Bedächtig setzte Simon einen Fuß vor den anderen. Wir gelangten zu einer schattigen Spalte unter einem Felsüberhang. Ein angenehm kühler Wind wehte hier. Simon berichtete, dass seine Vorfahren schon vor 20000 Jahren hier Zuflucht gesucht hatten.

Dann führte der Weg durch enge Felsspalten. Vor einer Wand mit rötlichen Felsmalereien blieb Simon stehen. »Hier ist es. Diese Bilder wurden vor etwa 8000 Jahren geschaffen.« Er zeigte auf ein Bild mit mehreren Figuren, bei denen man wie durch ein Röntgengerät Skelett, Wirbelsäule und die inneren Organe erkennen konnte. »Das hier ist Namondjok.«

Ich nickte. Die fremdartige Gestalt mit den gespreizten Beinen schien halb Mensch, halb Krokodil zu sein.

»Namondjok ist einer unserer Ahnen, der im Himmel lebt«, erzählte Simon. »Man kann ihn in der Nacht sehen, wenn er als dunkler Fleck auf der Milchstraße erscheint. In meinem Stamm erzählt man sich, dass er früher über das Land Nourlangie wanderte. Dann lud er große Schuld auf sich, als er mit seiner Schwester die Blutverwandtschaftsgesetze brach, und verwandelte sich in ein Salzwasserkrokodil. Seine Schwester wurde daraufhin zur Regenbogenschlange. Sie ist die Schöpferin des Lebens und des Landes in Australien.«

Ein Schauer lief über meinen Rücken. Simon hatte so feierlich gesprochen. Warum war er extra mit mir hierhergefahren? Und warum hatte er mir ausgerechnet diese Geschichte erzählt?

»Ich freue mich, dass du den weiten Weg nach Australien gemacht hast, Alina.« Simon betrachtete immer noch die Felsmalereien.

»Ich freue mich auch«, murmelte ich verlegen.

Simon blieb schweigend vor der Felswand stehen. Dann drehte er sich um und lief der aufgehenden Sonne entgegen, zurück zum Auto.

Hallo ihr Lieben,

ratet mal, wo ich gerade bin? In einem 19 804 Quadratkilometern großen Naturparadies, das sich fast 200 Kilometer von Nord nach Süd und über 100 Kilometer von Ost nach West erstreckt. Der Kakadu-Nationalpark ist Weltnatur- und Weltkulturerbe. Die Superlative sind absolut gerechtfertigt. Ich habe das Riesenglück, bei einem Aborigine-Paar zu wohnen, dessen Familie seit vielen Generationen hier lebt. Sie bewahren das Land und schützen die Natur, die Tier- und die Pflanzenwelt.

Simon hat mir erzählt, dass diese Haltung in einer uralten Tradition wurzelt. So wie wir in der christlichen Religion die Schöpfungsgeschichte von Adam und Eva haben, gibt es bei den Aborigines die Traumzeit. Sie glauben daran, dass ihre spirituellen Vorfahren das Land durchwanderten und auf ihrer Reise die Landschaftsformen, Pflanzen, Tiere und Ureinwohner schufen. Das passt so gut zu diesem riesengroßen Kontinent, finde ich. Den lerne ich durch meine Reisen auch immer besser kennen. Und je länger ich in Australien bin, umso bewusster wird mir, dass ich doch nur einen winzigen Teil davon erlebe.

Aber zurück zum Kakadu-Nationalpark. Hier gibt es so viel zu sehen. Vor einer Woche habe ich mit Simon und einer Touristengruppe eine Bootstour durch die Wetlands gemacht. Am Ende der Regenzeit sind

die Flussarme und Wasserlöcher gut gefüllt. Billabongs nennen die Aborigines diese Gewässer. Ich habe zum ersten Mal große Salzwasserkrokodile gesehen. Sie lagen träge auf den Sandbänken herum oder ließen sich im Wasser treiben. Das täuscht, denn wenn sie auf Beutejagd gehen, springen sie blitzschnell in die Höhe und schnappen zu. Da sind mir die Vögel dann doch lieber! Es gibt hier viele farbenfrohen Loris, Riesenstörche und blau-geflügelte Kookaburras. Und auch sonst sehr viele Tiere: Kängurus, Emus und Wallabys.
Zu den Jim Jim Falls und den Twin Falls konnten wir leider nicht fahren, weil die Straße noch überflutet und deshalb gesperrt war. Aber als ich hörte, dass Flüge dorthin angeboten werden, habe ich mein Geld zusammengekratzt und mir ein Ticket gekauft. Diesen Flug mit der Cessna werde ich nie vergessen. Wir sahen die Wasserfälle von oben, die schroffen Felsen, die unzähligen Billabongs und das endlose satte Grün. Dann flogen wir durch eine enge Schlucht, dicht über den Baumwipfeln einen Hang hinauf. Plötzlich öffneten sich vor uns die unendlichen Weiten des Arnhem Land Plateaus. Ein atemberaubender Blick.
Mit Simon und Elena habe ich jetzt schon viele Wanderungen gemacht und meinen Lieblingsplatz gefunden: den Nawurlandja Lookout. Dort sitze ich, so oft es geht, und genieße die Aussicht auf Nourlangie und den Angbangbang Billabong. Wenn die letzten Lichtstrahlen auf den Nourlangie-Felsen fallen und er rot zu leuchten beginnt, denke ich daran, wie viel Glück ich auf meiner Reise hatte und wie vielen wunderbaren Menschen ich begegnet bin.
Vorgestern habe ich mit Elena Klaras Auto aus dem Outback geholt und nach Jabiru gebracht. Auf der Windschutzscheibe war eine dicke Kruste aus Fliegen und Insekten, aber nachdem ich die abgekratzt und Benzin in den Tank gefüllt hatte, ist der Wagen tatsächlich angesprungen. Was er wohl alles im Outback erlebt hat? Ich hätte eine Videokamera auf dem Autodach befestigen müssen.

Dann hätte ich jetzt wahrscheinlich spektakuläre Aufnahmen aus der Wildnis.
Morgen helfe ich noch mal im Warradjan Cultural Centre aus, wo Elena einmal die Woche arbeitet. Sie macht Führungen durchs Museum, und ich verkaufe Postkarten und Bücher im Shop.
Gleich gibt es Abendessen. Zum letzten Mal werde ich Elenas köstliches Lamm mit Pfefferbeeren essen. Ich darf gar nicht an den Abschied morgen denken. Ich hätte noch länger bei Simon und Elena bleiben können, aber ich will weiter nach Darwin reisen. Dort treffe ich meinen Freund. Darauf freue mich schon sehr, wie ihr euch sicher vorstellen könnt.
Bis bald, ihr Lieben,
Eure Alina

DIE WEISSE GÖTTIN

Das Bild war so riesig, dass es die Seitenwand des Museums komplett ausfüllte. Der Hintergrund schimmerte goldfarben. Erst dachte ich, es sei Leinwand, doch es handelte sich um ein Stück Felsgestein, auf das großflächig weiße Tiere gemalt waren: Echsen, Vögel und Wesen, die man nicht eindeutig einer Tierart zuordnen konnte. Ich saß davor und fühlte mich in die Traumzeit zurückversetzt. Stellte mir vor, wie die Echse bedächtig im australischen Outback herumgewandert war. Wie sie abends müde geworden und sich an einer besonders schönen Stelle ausgeruht hatte. Als sie am nächsten Morgen wieder aufstand, ließ sie dort einen Salzsee zurück.

Hinter mir räusperte sich jemand: »Ich habe gehört, Sie sind eine Expertin für Aborigine-Kunst. Was soll mir dieses Bild sagen?«

Blitzschnell drehte ich mich um.

»Mason! Du bist schon hier?«

Er lächelte mich an. »Ich weiß, wir hatten uns erst in einer Stunde verabredet, aber ich hab's nicht mehr ausgehalten.«

»Ich auch nicht!«

Wir fielen uns in die Arme und küssten uns. Endlich waren wir wieder zusammen! Ich wollte Mason sehen, spüren, ihn gar nicht mehr loslassen.

Aus den Augenwinkeln bekam ich mit, dass ein Museumsangestellter zweimal dicht an uns vorbeischlich.

»Ich glaube, wir sollten woanders hingehen«, flüsterte ich Mason ins Ohr, »bevor wir noch wegen unsittlicher Handlungen verhaftet werden.«

Mason nickte. »Ja, gleich. Aber erst muss ich dir noch was zeigen, was mich total beeindruckt hat.«

»Hoffentlich nicht den Darkroom, wo man die Geräusche des Zyklons hören kann, der 1974 Darwin zerstörte.« In diesem Raum war ich schon gewesen und hatte richtig Beklemmungen bekommen.

Mason schüttelte den Kopf. »Nein. Obwohl das für mich als Musiker natürlich auch spannend wäre.«

Er nahm meine Hand und lotste mich von der Kunstabteilung zu den Tierskeletten, die in der Museum and Art Gallery of the Northern Territory ausgestellt waren. Grinsend blieb er vor einem präparierten Krokodil stehen, das sein Maul weit aufriss und seine messerscharfen Zähne präsentierte.

»Das Tier hat mich irgendwie an dich erinnert«, sagte Mason.

»Was?«, protestierte ich. »Bin ich so hässlich?«

Mason sah mich vorwurfsvoll an. »Krokodile sind nicht hässlich. Das sind nur unsere persönlichen Vorstellungen von Schönheit und Ästhetik. Außerdem war es auch mehr der Name, bei dem ich an dich denken musste.«

Schnell überflog ich den Text auf der Infotafel. Das Krokodil hatte zwischen 1974 und 1979 mehrere australische Boote angegriffen, dabei jedoch keinen Menschen attackiert. Im Juli 1979 wurde es schließlich in einer Falle lebend gefangen und hinter einem Boot hergeschleppt. Es sollte über eine Bootsrampe an Land gezogen werden, verfing sich jedoch auf dem Weg zur Rampe an einem untergetauchten Baumstamm und ertrank. Dafür bekam es einen dauerhaften Platz im Museum. Nur der Name passte so gar nicht zu dem angriffslustigen Tier.

»Sweetheart«, las ich laut vor und musste lachen.

»Du bist auch ziemlich gefährlich«, sagte Mason zärtlich zu mir. »Wenn du mich so ansiehst, sweetheart, schlägt mein Herz viel zu schnell. Das kann nicht gesund sein.«

»Ich glaube, da musst du dir keine Sorgen machen. So was nennt man Liebe.«

Wir küssten uns wieder und gingen schnell zum Ausgang.

Vom Museum waren es nur ein paar Schritte zum Ufer der Fannie Bay. Das Meer lag wie ein türkisfarbener Teppich vor uns. Touristen um uns herum fotografierten das malerische Motiv, aber wir hatten nur Augen füreinander.

»Was wollen wir jetzt machen?«, fragte Mason. »Du kennst dich bestimmt schon gut aus hier, oder?«

In der letzten Woche hatte ich tatsächlich schon viel gesehen. Darwin war eine moderne Hafenstadt und das Tor zu Asien. Es gab kaum ältere Bauwerke, weil fast alles drei tropischen Wirbelstürmen in den Jahren 1897, 1937 und 1974 zum Opfer gefallen war.

»Lass uns einfach spazieren gehen«, schlug ich vor.

Eng umschlungen liefen wir los. Selten war ich so unaufmerksam durch eine Stadt gelaufen. Dabei war der Botanische Garten, den wir zwanzig Minuten später erreichten, wirklich toll. Es gab künstlich angelegte Wasserfälle, Palmen und tropische Blumen. Ananas und andere exotische Früchte wurden gerade reif. Doch wäre ich mit Mason im Novembernebel durch eine deutsche Kleinstadt gegangen, wäre ich vermutlich genauso glücklich gewesen.

Am Anfang hatten wir nicht mal das Bedürfnis zu reden. Allein den anderen zu spüren und wieder zusammen zu sein erfüllte uns voll und ganz. Später erzählten wir uns dann von unseren Reisen und Abenteuern. Nur das Thema Sunny klammerten wir aus.

Nachdem wir uns ein Eis gekauft hatten, nahmen wir einen Bus zurück zum Zentrum. Mason wollte ganz genau wissen, wie es mir alleine im Outback ergangen war.

»Du warst so mutig«, bewunderte er mich.

»Na ja«, räumte ich ein. »Es blieb mir auch nichts anderes übrig. Natürlich hab ich kaum ein Auge zugetan. Bei jedem Rascheln, jedem kleinen Geräusch bin ich hochgeschreckt.«

Mason seufzte. »Und ich hab nichts davon geahnt! Vielleicht war es besser so. Sonst wäre ich vor Angst um dich gestorben.«

Zwei Stationen später stiegen wir aus. Ich zeigte Mason die lebhafte Innenstadt mit den Restaurants, Bars, Theatern und Kinos. Und Mason schilderte, wie es ihm inzwischen mit der Band ergangen war. In Port Douglas war der Besitzer des Strandhotels, der sie engagiert hatte, nicht ganz so nett gewesen. Sie hatten nur nachmittags auf der Hotelterrasse spielen dürfen und sollten die Familien beim All-you-can-eat-Buffet nicht stören.

»Oje«, sagte ich mitfühlend. »Und trotzdem seid ihr die ganze Zeit geblieben?«

Mason nickte. »Dafür haben wir uns abends noch einen anderen Job in einem Pub besorgt. Und da lief es richtig gut.«

Plötzlich blieb Mason stehen. »Hättest du übrigens Lust, im August noch mal nach Darwin zu kommen? Da ist ein großes Musik-Festival. Vielleicht dürfen wir dort auftreten. Wenn nicht, könnten wir beide zusammen zu den Konzerten gehen. Und vorher zusammen reisen. Nur wenn du nichts anderes vorhast, natürlich.«

»Ich wollte tatsächlich noch mal eine Woche alleine mit dem Fernbus an die Westküste fahren. Aber das eine schließt das andere ja nicht aus.«

»Du bist toll!«, sagte Mason.

Kurz darauf steuerten wir ein Café an. Ohne einen Blick zum Nachbartisch zu werfen, setzte ich mich hin.

»Nein!«, rief plötzlich eine junge Frau. »Das glaub ich jetzt nicht!«

»Alina, Mason, was macht *ihr* denn hier?«, fragte ihr Begleiter.

»Eugenie, Lukas! Das Gleiche könnten wir euch fragen. Mensch, ist das schön, euch wiederzusehen.«

Wir umarmten uns begeistert, rückten die beiden Tische zusammen und redeten alle vier gleichzeitig los.

Dann zwinkerte Eugenie Mason zu. »Du bist also der geheimnisvolle Freund, den Alina in ihrem Blog erwähnt hat. Hatte ich mir schon fast gedacht. Jetzt weiß ich auch, warum sie nicht länger im Kakadu-Nationalpark geblieben ist.«

»Toller Blog übrigens«, sagte Lukas. »Ich verpasse keinen Eintrag. Und du bist wirklich mit einer Cessna geflogen?«

»Ja, klar.«

Lukas pfiff durch die Zähne. »Das war schon immer mein Traum.«

»Dann solltest du es bald tun«, sagte Mason. »Seinen großen Traum muss man verwirklichen.«

»Darauf stoßen wir an, oder?«, schlug Eugenie vor. »Ich hole uns an der Bar was zu trinken!«

Es wurde ein wunderbarer, entspannter Nachmittag. Mason hatte sich schon in Brisbane gut mit Eugenie und Lukas verstanden und fragte interessiert nach ihren Reiseerlebnissen. Erst als wir aufbrachen, wurde mir bewusst, wie anders so ein spontanes Treffen mit Sunny verlaufen wäre.

»Sehen wir uns später noch?«, fragte Eugenie. »Wir könnten uns auf dem Mindil Beach Sunset Market treffen.«

»Ein Wochenmarkt direkt am Strand«, erklärte ich Mason, der mich fragend ansah.

»Ja, klar, warum nicht?«, sagte er und streichelte zärtlich meine Hand.

Lukas warf Eugenie einen wissenden Blick zu. »Ich glaube, die beiden haben heute Abend schon was anderes vor.« Er machte Knutschgeräusche.

Ich musste lachen. »Also wirklich, Lukas! Aber du hast recht. Heute ist unser erster gemeinsamer Abend in Darwin. Ihr seid morgen hoffentlich auch noch da?«

»Sind wir.« Eugenie umarmte mich zum Abschied. »Meldet euch einfach. Dann machen wir spontan was aus.«

Nachdem die zwei um die Ecke gebogen waren, legte Mason den Arm um meine Schulter. »Die beiden sind echt total nett. Ich freu mich schon auf morgen Abend.«

Sonnenstrahlen stahlen sich durch den Vorhang und kitzelten meine Nase. Ich drehte mich im Bett herum und gab Mason einen Kuss auf den Bauchnabel.

Er schlug die Augen auf, sah mich und lächelte. »Guten Morgen, sweetheart!«

»Morgen, darling. Ich glaube, es ist schon nach zwölf. Hast du gut geschlafen?«

»Hmm! Sehr gut. Ich hatte einen wunderschönen Traum. Wir haben uns ein Hotelzimmer gesucht und uns die ganze Nacht geliebt.«

»Seltsam«, murmelte ich. »Genau denselben Traum hatte ich auch.« Ich nahm das Laken und breitete es über unseren Körpern aus. Jetzt waren wir in einem warmen, schattigen Zelt. Ich atmete den Duft von Masons Haut und streichelte seine Brust.

»Wo haben wir eigentlich aufgehört?«, fragte Mason, während er mein Ohrläppchen küsste.

»Ich glaube, ich weiß es noch«, flüsterte ich und dann tauchten wir wieder ein in unseren Raum voller Zärtlichkeit und Leidenschaft.

Als wir unser Zelt verließen, war es schon Nachmittag und wir hatten beide Hunger.

»Sollen wir?« Mason hob den Telefonhörer ab.

»Roomservice?« Ich kicherte. »Das wollte ich schon immer mal ausprobieren.«

Wir bestellten uns Pancakes, Mandelcroissants und Kaffee.

»Probier mal«, sagte Mason. »Das Croissant noch ganz warm.«

Wir teilten es uns und streuten dekorative Krümel auf das Bettlaken. Dann schenkte Mason uns Kaffee nach, nippte an seiner Tasse und fragte: »Hast du eigentlich noch mal was von Sunny gehört?«

»Nur einmal ganz kurz.« Ich erzählte ihm von Mandys Anruf, als ich in Jabiru war, und davon, dass ich Sunny einen Korb gegeben hatte.

Mason reagierte erleichtert. »Also hast du den Kontakt zu ihr abgebrochen. Gut, das ist die beste Entscheidung, die du treffen konntest.«

»Äh … warte mal«, bremste ich ihn. »Ich will Sunny schon noch einmal sehen und mit ihr reden. Sie ist ja auch gerade in Darwin.«

Mason stellte seine Tasse auf dem Nachttisch ab. »Du, das ist keine gute Idee. Sie wird dich bloß wieder einwickeln. Dann geht alles von vorne los.«

»Nein. Das wird nicht passieren.« Ich fegte ein paar Croissant-Krümel auf den Boden. »Die Freundschaft zwischen Sunny und mir, das ist Geschichte. Aber ich möchte mich nicht einfach so davonstehlen und mich gar nicht mehr bei ihr melden. Ich will ein letztes Mal mit ihr reden.«

Mason stand auf und zog seine Shorts an. »Sure. I understand.« Als er plötzlich ins Englische wechselte, war mir klar, dass er mir nicht glaubte.

»Bitte vertrau mir, Mason.«

»Okay.« Endlich lächelte er wieder und fing an, seine Sachen aus unserem Kleiderberg auf dem Boden herauszusuchen.

Ich wusste, dass ich ihn nicht restlos überzeugt hatte. Sollte ich es doch lieber lassen? Noch hatte ich Sunny nicht angerufen, hatte kein Treffen mit ihr vereinbart.

Ich wickelte das Laken um meinen Körper und ging zum Fenster. Die Nachmittagssonne färbte den Himmel zartrosa. Hinter den Palmen am Strand hatten die Händler bereits ihre Zelte aufgebaut, Stände mit internationaler Küche, Kunsthandwerk und Schmuck. Ein Jongleur warf bunte Bälle in die Luft, von Kindern umringt, die ihn mit offenen Mündern bewunderten.

Auf einmal musste ich wieder an die Full Moon Party denken. Wie Sunny Paul abgewimmelt und zu ihm gesagt hatte: »Sorry, aber das ist *meine* Freundin!« Mit einem zufriedenen Lächeln auf dem Gesicht. Als ob ich ihr Besitz wäre, ihr Schmuckstück.

Aus dem Bad hörte ich die Dusche rauschen. Kurz darauf kam Mason mit einem Handtuch um die Hüften zurück ins Zimmer. »Was meinst du? Wollen wir auf den Sunset-Markt gehen, sweetheart?«

»Geh du schon mal vor«, schlug ich vor. »Ich komme dann nach.«

»Sure«, sagte Mason. »Wie letztes Jahr am King George Square bei der Eröffnung vom Weihnachtsmarkt?«

Ich wurde rot. Damals hatte er kein Wort darüber verloren, dass ich mit Sunny im Café hängen geblieben war.

»Ich beeil mich wirklich. Bis später, Mason.« Auf dem Weg zum Bad wollte ich ihm einen Kuss geben, aber da packte er gerade die Gitarre aus und fing an, hoch konzentriert sein Instrument zu stimmen.

Beinahe wäre ich vorbeigelaufen, weil ich ihn mir viel größer vorgestellt hatte. Umgegeben von Hochhäusern, wirkte der Chinesische Tempel wie ein Spielzeug, das jemand einfach auf der Straße abgestellt hatte. Und eine Zeit lang war hier auch tatsächlich nur eine Baulücke. Durch zwei Zyklone und den japanischen Luftangriff während des Zweiten Weltkriegs war der Tempel stark beschädigt und beim dritten Zyklon 1974 schließlich vollständig zerstört worden. Man hatte ihn danach mühsam anhand alter Zeichnungen, Pläne und Fotos wiederaufgebaut.

Sunny wartete neben einem der beiden Löwen aus Stein, die den Eingang bewachten. Sie hatte eine Zigarette im Mund, die sie hastig auf den Boden warf und mit dem Fuß austrat. »Ich versuche gerade, mich ans Rauchen zu gewöhnen. Soll ja angeblich helfen bei Stress. Leider schmeckt es mir überhaupt nicht.« Sie lächelte unsicher. »Hallo Alina. Danke, dass du gekommen bist.«

Als sie mich mit leuchtenden Augen ansah und ich ihre Stimme hörte, war ich kurz davor, sie zu umarmen. Zum Glück ging der Moment schnell vorüber.

»Der Tempel stand sowieso auf meiner Liste«, sagte ich kühl.

»Natürlich, klar. Also dann ...«

Wir gingen zum Hauptaltar, einem Farbenmeer aus Rot, Gelb und Orange. Reich verzierte Statuen mehrerer Gottheiten standen dort, für die jemand Blumen und Schalen mit tropischen Früchten bereitgestellt hatte.

»Es tut mir so leid, Alina«, murmelte Sunny. »Dass ich mitten in der Nacht mit unserem Auto abgehauen bin und mich so lange nicht bei dir gemeldet hab.«

»Ach, wirklich?«, sagte ich und holte tief Luft. »Mason lässt dich übrigens schön grüßen.«

Sunny zuckte zusammen. »Mason? Er ... du? Ihr ...?«

»Ja, wir haben das Rätsel gelöst. Es war nicht mal besonders schwer, herauszufinden, was passiert war. Wir mussten nur einmal miteinander telefonieren.«

»Ich wollte doch nur das Beste für dich!«, brach es aus Sunny heraus. »Du warst einfach zu schwach, um dich von Mason zu trennen. Du hättest seelenruhig zugesehen, wie er ein Groupie nach dem anderen küsst.«

Eine asiatische Touristin, die neben uns am Altar stand, warf uns vorwurfsvolle Blicke zu.

»Sorry«, entschuldigte ich mich bei ihr und verließ leise den Tempel.

Sunny folgte mir nach draußen. »Okay, du hast recht. Das hätte ich nicht tun sollen. Es tut mir leid. Und jetzt seid ihr also wieder zusammen? Du siehst glücklich aus. Das freut mich für dich, Alina. Ich versprech dir, ich werde nie wieder was gegen Mason sagen und mich nie wieder in eure Beziehung einmischen.«

»Du musst mir gar nichts versprechen, Sunny. Ich möchte nicht mehr mit dir befreundet sein. Das war der einzige Grund, warum ich mich ein letztes Mal hier mit dir treffen wollte.«

Sunny erschrak. »Aber unsere Freundschaft hat schon so viel überstanden. Lass es uns doch wenigstens noch mal versuchen. Wir fangen wieder ganz von vorne an. Machen alles anders, besser. Du bist doch meine Familie, Alina!«

Sie meinte es tatsächlich ernst. Glaubte wirklich, dass das noch möglich war.

Ich schüttelte langsam den Kopf. »Nein, Sunny. Das geht nicht mehr.«

Sie kniff die Augen zusammen. Dann strich sie einem der steinernen Löwen mechanisch über den Kopf. »Ich wusste es von Anfang an. Erinnerst du dich an unsere Wanderung zu den Hell's Gates? Was ich da zu dir gesagt hab? Eines Tages ...«

»Nein, Sunny«, unterbrach ich sie. »Ich hasse dich nicht. Ich bin nur traurig, dass unsere Freundschaft zu Ende ist.«

Sunny zog ein zerknautschtes Päckchen aus ihrer Hosentasche, wollte sich eine neue Zigarette anzünden, tat es dann aber doch nicht. Wortlos drehte sie sich um und verschwand in der Dämmerung.

Mein Handy klingelte mit Masons Gitarrensolo. Ich würde ihn gleich zurückrufen. Jetzt wollte ich mir noch die weiße Götterstatue im Vorgarten des Tempels ansehen. Sie hatte die Augen geschlossen und war ganz in sich versunken. Um ihre Lippen spielte ein feines Lächeln.

Entscheidungen fürs Leben

Jessi Kirby
Dein eines, wildes, kostbares Leben
304 Seiten
Taschenbuch
ISBN 978-3-551-31561-8

Parker (17) hatte immer nur ein Ziel: Medizin studieren und damit ihre Mutter glücklich machen. Aber als sie auf das Tagebuch der beliebten Julianna stößt, die Jahre zuvor verunglückte, ändert sich das. Denn Juliannas Leben war nicht so perfekt, wie alle glaubten, und plötzlich sieht Parker auch ihr eigenes Leben mit anderen Augen.
Angespornt von den Einträgen geht sie mit ihrer Freundin Kat und dem süßen, coolen Trevor auf Entdeckungsreise durch die Vergangenheit – und stellt dabei vielleicht ihre Zukunft auf den Kopf.

CARLSEN

www.carlsen.de